【新装版】
小野小町追跡

「小町集」による小町説話の研究

片桐洋一
Katagiri Youichi

笠間書院

目次

Ⅰ　小野小町の周辺

Ⅱ　「小町集」の生成

III　「小町集」と小町説話

Ⅰ　小野小町の周辺

一　誰でも知っている小町

ずいぶん前のことになるが、ある大学で「小野小町追跡」という題目で一年間講義をし、どんなことでもよいから、小町について、自分で考えたこと、自分で調べたことを書いて提出せよと、受講者に小論文（リポート）を課したことがある。

その中の異色作に、「現代人は小町について何を知っているか―百人の人に聞くアンケート調査」というのがあった。他人の著書や論文の受け売りではなく、自分で調べ自分で考えたものでなければ受付けぬと言った私の要求に答えようとしたのであろう。回収したアンケート用紙などをも併せて提出して、机上のデッチアゲでないことを証拠だてるという念の入れ方であった。

①小野小町という人を知っていますか。

（答）知っている　96人

②小野小町についてどんなことを知っていますか。思いつくままに書いて下さい。

（答）絶世の美人　68人

昔の歌人　62人

晩年に衰えて哀れな人生を送った　27人

肉体的欠陥があった　12人

そのほか、他の女性と混同したようなものや、何とも理解しがたい回答もあるが、いずれも少数、大体はこんなものである。

この調査は高校生以上について行なったものであり、続いて年齢別の整理もあるが今は省略する。本書の冒頭で、右の調査を利用して、私がまず言っておきたいのは、小野小町は、日本人ならば誰でも知っている存在であること、しかし「小野小町の歌で知っているものを一つあげてください」という問題にはわずか8％しか正解がない。それも高校生・大学生など教室で学んだことをまだ記憶している世代しか正解をなし得ていない。これは、小町が文学者・歌人という域だけで知られているのではなく、それらを超えた、いわば伝説的存在として国民の胸にあるということを物語っていると言ってよい。

じっさい、小野小町における「実像と虚像」「事実と伝説」は、たがいに入りまじって弁別し得ないのである。小町の活躍した時代は？　小町の本名は？　小町の父は？　家系は？　出生地は？　小町の身分や職掌は？　というようにたたみこんでゆくと、実はまったくわからないことばかりなのである。今、こころみに、『広辞苑』によって小野小町の項を引いてみよう。

平安前期の女流歌人。六歌仙及び三十六歌仙の一人。出羽郡司小野良真（篁の子）の女という。絶世の美人で和歌をよくし、その歌は繊細。仁明・文徳両朝の後宮に仕え、清和天皇の貞観八、九年頃致仕したとも伝える。いわゆる七小町その他、種々の伝説がある。

短い文章の中に、「……という」「……とも伝える」という伝聞による叙述が二か所もある。伝聞の叙述でない部分でも、たとえば「絶世の美人で……」とあるが、小町在世中に彼女を絶世の美人だと評した文献はまったく見あたらない。伝承を根拠にして「火のない所に煙は立たぬ」という論法でみずからを納得させてしまうような書き方だと言えば厳しすぎるであろうか。

百人のうち九十六人が知っているという人気者小野小町。実体はどうあれ、日本人の心の中では過去千年間つねに絶世の美女であった小野小町。人々はそれに感情移入し、その伝承を次から次へと増幅させて行ったのである。古い伝承はもちろん、近代になっても、たとえば黒岩涙香の『小野小町論』（大正二年刊）、中里介山の『小野小町』（昭和八年）、関谷真可禰の『小野小町秘考』（昭和八年刊）、前田善子の『小野小町』（昭和十八年刊）など、皆しかりである。皮肉な言い方であるが、いずれも新しい小町説話を形成するに功あったと称すべきであろう。まことに小町こそは、冷静に対座して客観的に評価することの能わざる魅力的な女性なのである。

二　業平は小町の恋人であったか

百人の人に対する直撃アンケートの結果は、小町を絶世の美女として承知しているという答がいちばん多かった。じっさい、それぞれの土地の名に「小町」という語を付して、「○○小町」「××小町」という形でその土地の最高の美女を呼ぶことは、「ミス○○」「ミス××」という呼び方が出来るまで、実に一般的だったのである。再び『広辞苑』を登場させると、「小町」の項目「①小野小町、②小町娘の略」とある。「小町娘」の項を見ると、ごていねいにも「（小野小町のように美しい意）評判の美しい娘。小町」とある。

美女の代表の小町に対抗する美男の代表は、いうまでもなく業平《なりひら》である。「業平《なりひら》づくり」とは『広辞苑』もいうように「在原の業平のような身のつくり。いかにも美男子らしいなりかたち」のことであり、『広辞苑』には出ていないが、「今業平《いまなりひら》」ということばもある。

ところで、天下の美女小野小町は、天下の美男在原業平にどのように関係し、どのように応対したか。前掲の関谷真可禰などは二人の関係を熱烈に述べているが(『小野小町秘考』)、日本古典全書『小野小町集』の解説を見ると、窪田空穂も、業平を小町の恋人の一人に数えている。また窪田章一郎校注の角川文庫『古今和歌集』の作者略伝には「(小町が)業平と歌の贈答をしている」と記されている。後年の「小町業平歌問答」のような架空の物は別として、業平と小町の贈答は知られていない。最高の美女が最高の美男と会わないのがおかしく、会えば必ず何かありそうだが、残念ながら、その徴証はまったく知りえないのである。

だが、業平が小町の恋人の一人であったとする説は、古い時代からあった。北畠親房の「古今序注」には、小町の「『おもひつゝ』の歌は業平を恋ひてよめり」と、はっきり記している。親房はおそらく、「毘沙門堂本古今集注」(『未刊国文古注釈大系』)などの鎌倉時代の古今集注釈書によったのであろう。「毘沙門堂本古今集注」では、この「おもひつゝ」について「業平トカレぐニ成テ後ニ、ヨミテ遣ス歌也」と注しているが、「毘沙門堂本古今集注」の性格を考えると、これは、当時の「伊勢物語」の注釈書に依拠した説であることは間違いない(「毘沙門堂本古今集注」につ いては拙著『中世古今集注釈書解題　二』、また「毘沙門堂本古今集注」と「伊勢物語」の関係については拙著『伊勢物語の研究・研究篇』を参照されたい）。鎌倉時代の「伊勢物語」の注釈書は、「伊勢物語」が虚構《フィクション》の物語ではなく、実在人物在原業平の実伝を物語にしたものだという当時の人々の「伊勢物語」観をそのままに反映していて、「伊勢物語」に登場する人物は、物語において名前を隠して「女」とか「男」と記されていても、実際は在原業平という実在人物の事蹟を述べているのであり、本当にあった事件を基盤にしているのだという立場から、登場する人物のすべてに実在人物の名をあて、実際にあった事件の世界に復原しようとするのである。

たとえば、鎌倉時代を代表する「伊勢物語」の注釈書である「冷泉家流伊勢物語抄《れいぜいけりゆういせものがたりしよう》」では、

昔、男、女、いとかしこく思ひかはして異心《ことごころ》なかりけり。さるを、いかなる事かありけむ、いささかなることにつけて、世の中をうしと思ひて、「出でていなむ」と思ひて、かかる歌をなむよみて、物に書きつけける。

出でていなば心かるしと言ひやせむ世のありさまを人は知らねば

とよみおきて、出でていにけり。

で始まる二一段の女を小野小町のこととし、業平と小町は夫婦として「常盤の里」という所に住んでいたが、「業平は、小町が心さだまらずと恨み、小町は業平の心さだまらずと恨」んで、結局小町が家を出た。このことは、この二一段のほか、二八段にも「昔、色好みなりける女、出でていにければ」と語られている。もともと業平としては、小町の色好みを気にはしていたのである。「色好みと知る知る女をあひいへりけり」とある四二段の女も、「うしろめたく」思いながら契っ

た三七段の「色好みなりける女」も、ともに小野小町のことだと説明するのである。さて、このようにして出て行った小町は、宇佐の長官大江惟章の甘言に乗せられ西国に下っていたが、業平が宇佐の勅使として下向した時、接待に現われて会い、みずからの短慮を恥じて何処へともなく身をかくした（六〇段・六二段）というのである。

「冷泉家流伊勢物語抄」が「小町なり」と断定している女は、このように業平の愛を信じられずにみずから去って行った女であり（二一段・六〇段・六二段）、一人の男では満足できぬ「色好みなる女」（二五段・二八段・三七段・四二段）であり、「宵ごとにかはづのあまた鳴」くように（一〇八段）毎夜多くの男が通《かよ》ってくる女であり、というようにとらえられているのであるが、かようなとらえ方になった理由は何かというと、実は「伊勢物語」の作られ方に由来するのである。

機会あるごとに書いて来たが（たとえば『伊勢物語の研究・研究篇』『伊勢物語の新研究』『鑑賞日本古典文学・伊勢物語大和物語』など）、「伊勢物語」は在原業平の歌を中心として形成された歌物語であるが、一人の作者が、ある一時期に作りあげたのではなく、百年近くもかかって、数人の作者によって次第に今のような形になっていったのである。だから、業平の歌だけで形成されていた第一次の『伊勢物語』を核として、他の人の歌を付加していったのであるが、今、相手の女の小町をあてる中世の注釈に関連して、二五段の場合を見よう。

昔、男ありけり。「あはじ」ともいはざりける女の、さすがなりけるがもとに、いひやりける。

秋の野に笹わけし朝の袖よりもあはでぬる夜ぞひちまさりける。

色好みなりける女、返し、

みるめなきわが身をうらとしらねばやかれなであまの足たゆく来る

最初の「秋の野に」の歌は「古今集」恋三（六二二）に「題しらず」として存する在原業平の歌である。ところが、その後に、「古今集」恋三（六二三）、つまり業平の歌のすぐ後にある同じく「題しらず」の小野小町の歌を、偶然隣に位置しているゆえに利用してここに付加し、一組の贈答歌に仕立てあげたのである。ふつうの女ならば、男の求婚は、いちおう「あはじ」と答えて拒否してみせるものである。だから、この女も「あはじ」と言ってはみたが、しかし実はそうではないことがありありと見えていると考えて「色好みなりける女、返し」という説明を加えて歌をつけたのである。小町の歌を利用しただけであったのに、これによって業平と小町の恋愛関係は事実だったということになり、ひいては「伊勢物語」にあらわれる「色好みなる女」はすべて小野小町のことだという理解が広まってしまったのである。

「冷泉家流伊勢物語抄」とともに鎌倉時代にもっともよく読まれた伊勢物語注釈書に「伊勢物語和歌知顕集」がある。これでも、「色好み」と物語に記されている二五段・二八段・三七段・四二段の女を小野小町とするほか、多くの男が通って来るゆえに「ほととぎす汝《な》が鳴く里のあまたあれば」と男からよみかけられた四三段の女、「契れることあやまれる」一二二段の女、そして注目すべきは、三人の子を持ちながら男を欲しがる六三段の「つくもがみ」の老女（後述する小町衰老説話と関係があろう）を小野小町のこととしているのである。

「伊勢物語」に登場する女性の一人一人に実在人物をあて、これは小野小町だ、これは紀有常の娘だというように承知したうえで「伊勢物語」を読むようなことは、もちろん今はしない。しかし、鎌倉時代・室町時代にはそれが普通だったのである。人々はそのような理解のうえに立って業平と小町が恋人であり夫婦であったと理解していたのである。中世におけるかような理解、言い換えれば中世の人々の心に生きていた小町や業平の像はまさしく尊重しなければならないが、彼と彼女が生前においてそういう関係であったかどうかはまったく別の問題である。もっとも証拠はなくても、この美男・美女、いわば証拠も残さずに愛し合っていたとしても少しも不思議ではない。二人が本来無関係であったとも断言できぬわけだ。しかし、だからと言って、二人は当然関係があったと断じ、それを根拠として、さらに次の問題を考えるような態度は許されない。今まで小町について書かれたものはいずれも学問的自覚に乏しく、どうも、その点に関する自己規制がまったくないように思われる。

三　小町の青春と仁明朝文化サロン

在原業平は天長二年（八二五）に生まれ、元慶四年（八八〇）五月二十八日に卒したことが、当時の正史である『日本三代実録』によって知られる。小町が業平と関係があったとすれば、彼女が生き、恋をし、歌をよんだ時期も、だからおおむね確認できるのであるが、前述のように二人の関係を立証するすべはない。

小町の事蹟を考える基礎をどこに置くか、ということは、これから小町について考えてゆくためにもっとも重要な問題であるが、私は、勅撰集である「古今和歌集」だけを信じてそれを手がかりとするという立場をとりたい。もっとも「古今和歌集」に見られる小町像も既に伝説化していると考えて、信じえないとする立場もとうぜんあり得るが、何も信じない立場では一歩も進みようがないので、『古今集』を、疑ってはみるという姿勢を保持しつつ、根本資料に近いものとして利用してゆこうと思う。

さて、「古今集」を信ずるという立場に立てば、小町は安倍清行（恋二・五五六）・小野貞樹（恋五・七八三）・文屋康秀（雑下・九三八）と歌を贈答していることになる。このうち、事蹟がもっともはっきりしているのは安倍清行である。「古今集目録」によれば、昌泰三年（九〇〇）に七十六歳で卒しているから、生まれたのは天長二年（八二五）、業平と同じ年ということになる。小野貞樹と文屋康秀の生没年は不明だが、「古今集目録」等によれば、貞樹は嘉祥二年（八四九）に春宮少進になった後、種々歴任して貞観二年（八六〇）に肥後守になっている。康秀は貞観二年（八六〇）に刑部中判事となってから、元慶元年（八七七）に山城大掾、同三年（八七九）に縫殿助をつとめている。この三人が活躍した年の中に代入すれば、小町の時代は大体見当がつくが、ここで忘れてならないのは僧正遍昭の存在である。

「後撰集」は、「古今集」が出来てから約五十年の後、天暦五年（九五一）に宣旨が出て撰集を開始した平安朝第二の勅撰和歌集であるが、その雑三（一一九五・一一九六）に、小町と遍昭の贈答がとられている。

石上《いそのかみ》といふ寺にまうでて、日の暮れにければ、夜あけてまかり帰らむとて、とどまりて、「この寺に遍昭はべり」と人のつげ侍りければ、ものいひこころみむとていひはべりける

小野小町

岩の上に旅寝をすればいと寒し苔の衣を我に貸さなむ

返し

遍昭

世をそむく苔の衣はただひとへ貸さねばうとしいざふたり寝む

大和の石上《いそのかみ》寺に旅泊したから「岩の上に旅寝をすれば」と洒落たのである。岩の上だから冷い、寒い、岩に生える苔という連想で「苔の衣」（僧衣）といったのであろう。世捨人の私の僧衣はまことに簡素なもの、一重《ひとえ》しか着ていません、しかしお貸ししないのは私とあなたの親しさからすれば不自然、仕方がない、共寝でもいたしましようと戯れたのである。問いも戯れなら、答えも戯れ、まことにおもしろくも楽しい言語遊戯であるわけだが、「後撰集」の詞書は「ものいひこころみむとていひはべりける」とあって、小町が遍昭の道心の堅固さをためそうとしているという書き方であって、かなり説話化している感じである。またこの贈答、ここに示した流布本《るふぼん》、つまり藤原定家が書写した系統で以後一般的に用いられて来た「後撰集」では小町と遍昭の贈答だが、定家が天福二年（一二三四）に書写した本にみずから校合した藤原行成筆本では遍昭でなく「真性法師」とあり、宮内庁書陵部所蔵堀河宰相具世筆本や承保三年奥書本では「深照法師」とある。

また神宮文庫にある「異本小町集」では「素性法師」となっている。さらに「大和物語」では人物こそ遍昭だが、場所が清水《きよみず》になっていて、返歌をするやいなや、小町の誘惑をおそれて「かいけつやうに逃げ」たとあり、「遍昭集」では初瀬（長谷）での出来事となっているというように、実にさまざま、当時いろいろの形で伝えられていたことが知られる。「岩の上に旅寝をすれば」という形から見て石上寺《いそのかみでら》が原型であろうが、「後撰集」の小町の歌を「古今集」のそれと同次元に置いて、小町の事蹟として扱うことにはいささか躊躇せざるを得ない。しかし、遍昭が小町と同時代の人であるということは間違いのないところである。「日本紀略」その他によれば、彼は寛平二年（八九〇年）正月十九日七十五歳で遷化しているから、生まれたのは弘仁七年（八一六）、先の安倍清行より九歳年長なのである。今、参考のために、遍昭を加えた四人の活躍した時代を図に示せば、次のようになる。

清行　825——900
貞樹　……849——860……
康秀　……860——876……
（遍昭）816——890

ところで、これらの男性たちと贈答した小町の歌については、第Ⅲ章であらためて鑑賞したいが、結論的に言って、相手の男性と小町の年齢はそんなに離れていない感じであるし、また男も女も、そんなに若くはないという感じであること、誰しも否定できないと思う。そこで、試みに、小町の年齢を二十歳から四十歳ぐらい、相手の男の年齢を二十歳から五十歳ぐらいだと仮定してみると、清行の場合は八四三年から八六三年まで、遍昭の場合は八二五年から八五四年までとなる。あまりにも大雑把《おおざっぱ》な推定で心苦しいかぎりだが、大体の見当をつけるだけだから、大目《おおめ》に見ていただいて、小町と清行と遍昭の三人が、その設定した年齢において重なっている期間を見ると、八三九年から八五四年までとなる。つまり、小野小町の女盛り、すなわち先に設定した二十歳から四十歳にあたるのは、仁明天皇即位後六年目の承和五年(八三八)から仁明天皇崩御後六年目の斉衡二年(八五五)の間だけに重なるということになり、小町の人生におけるもっとも華かな時期は仁明朝の文華の中にあったということになるのである。

「古今和歌集」哀傷の部、八四七に、

深草のみかどの御時に、蔵人頭《くらんどのとう》にて夜昼《よるひる》なれつかうまりけるを、諒闇《りやうあん》になりければ、さらに世にもまじらずして、比叡の山にのぼりて、かしらおろしてけり。その又の年《とし》、みな人御服ぬぎて、あるはかうぶりたまはりなど、よろこびけるを聞きてよめる

僧正遍昭

みな人は花の衣になりぬなり苔の袂《たもと》はかわきだにせよ

とある。遍昭は良岑宗貞として、深草の帝、すなわち仁明天皇の寵を一身に受け、蔵人頭という要職にあった。嘉祥三年三月二十一日、天皇が崩御するや職を辞して出家入山、一年の諒闇があけて、人々が華やいでいる様子だが、自分の僧衣の袂は、以前に変らず涙に濡れていると言って

京都市伏見区深草にある仁明天皇御陵

いるのである。嘉祥三年（八五〇）といえば、遍昭三十五歳、先の「後撰集」の小町と遍昭との贈答は、事実の伝承であれ、虚構の物語であれ、彼の道心を試してやろうという小町の姿勢が中心になっているわけであるが、それが成立つためには、遍昭が出家して数年以内の事でなければなるまい。前掲「みな人は花の衣になりぬなり苔の袂よかわきだにせよ」とよんだ、その苔の衣をお貸しくださいとよんだと考えることさえ可能である。嘉祥三年（八五〇）の仁明帝崩御から五年ぐらいの間、遍昭三十六歳ぐらいから四十歳ぐらいの間、そして小町もおそらく三十を越したとしてよい感じである。

かなり説話化されていて、はたして事実としてよいか否か疑問であると言いながら、「後撰集」における小町と遍昭の贈答に深入りしすぎた感じである。しかし、「後撰集」の遍昭をここに入れることによって、「古今集」の安倍清行・小野貞樹・文屋康秀らとの贈答によって推察される小町の活躍時期に矛盾を来たすわけではない。遍昭を代入して小町を遍昭より五、六歳年下と見るならば、安倍清行と同年輩、あるいは少し上ということになる。しかし遍昭を加えて考えずに、清行と小町の贈答だけを見ても、小町はそんなに若い感じではない。小町の出生は、どんなに範囲を広くとっても、天長二年（八二五）生れの清行の年齢を中心に前後五年ずつ広げた十年の間、つまり八二〇年から八三〇年ぐらいの間に求めなければならないであろう。そしてまさしくその通りであるならば、彼女のもっとも華やかな生活は、二十代の終りか三十代のごく初期に終りを告げた仁明朝の宮廷サロンであったことになる。こう考えれば、その虚実はともかく、石上寺での小町と遍昭の贈答にも、お互いに十分に知り会った仲間意識が見られることが、あらためて納得出来るのである。

遍昭ばかりではない。文屋康秀が三河掾になった時「県見《あがたみ》にはえ出でたたじや」と言って来たのに対する小町の返事（「古今集」雑下・九三八）、

わびぬれば身をうき草の根を絶えてさそふ水あらばいなむとぞおもふ

（小町集流布本三八・異本31）

にしても、昔、非常に親しかった、ある種の同輩意識を基盤にした戯れ的やりとりと見なければ、このさそいは失礼に過ぎる。先に掲げた深草のみかどの諒闇が明けた時の遍昭の歌の前、すなわち「古今集」哀傷歌・八四六番に「深草のみかどの御国忌の日よめる」という詞書で康秀の歌が見えるように康秀も仁明朝文化サロンの人だったのである。同じ「古今集」（春上・八）に、

二条后の春宮の御息所ときこえける時、正月三日、御前に召して仰せごとあるあひだに、日は照りながら、雪の頭《かしら》にふりかかりけるをよませたまひける

文屋康秀

春の日の光にあたる我なれどかしらの雪となるぞわびしき

という歌が見えるが、春宮の御庇護にあずかる私めなれど新年を迎えて齢を重ね頭髪の白くなるのをとどめることは出来ぬというのであるから、常識的に見て、この時五十歳は過ぎていたであろう。「春宮の御息所」とは春宮の母である御息所のことであるから、「二条后」が「春宮の御息所」と呼ばれた時、つまり陽成天皇が皇太子であった貞観十年（八六八）から貞観十八年（八七六）までの八年あまりのことである。もし貞観十年に五十歳であったと仮定すれば、仁明天皇崩御の嘉祥三年（八五〇）には三十二歳、多少の誤差はあっても、三十五歳であった遍昭とほぼ同年輩、「深草のみかどの御国忌に」よんだ「草ふかき霞の谷に影かくし照る日のくれし今日にやはあらぬ」というスケールの大きい歌は、そのまま仁明朝の華やかな文化サロンの消失を嘆く声であったと見てよかろうかと思うのである。

四　小野小町は仁明天皇の更衣か

小野小町活躍の基盤を仁明朝（八三三〜八五〇）の宮廷サロンに求める時、ぜひふれておかなければならぬのは、桜井秀氏と角田文衛氏の説であるが、それを紹介する前に、その準備として、小野小町の名前の由来、特に小町の「町」について考えておかなければならない。

「町」は「まつる」の語原で霊媒質神の奉仕者を意味するというような民俗学者の説もあるが、とるにたらない。また後述するごとく小町を出羽の郡司の娘とする説が中世において強かったところから小町を釆女《うねめ》と断じ釆女町《うねめまち》に住んでいたゆえに「町」が付されたとする説もあるが、これも従えない。出羽から釆女を出さなかったことが明らかであるうえに（『続日本紀』『類聚三代格』）、釆女は近江釆女（『古今集』墨滅歌）とか明日香釆女（『拾遺集』雑恋）のようにその出生地を付して呼称するのが普通だったからである。

小野小町の「町」を考える場合、もっとも大きな手がかりとなるのは、『古今集』に、三国の町、三条の町という二人の女性が作者として名を連ねているという事実である。『古今集』夏・一五二番の作者三国の町は『古今集目録』が紀名虎女とするが三条の町と混同したための誤りである。『三代実録』貞観八年三月二日の条によれば、三国氏の出身、仁明天皇の更衣、密通の罪をおかしたために、仁明天皇との間に出来た子供が出家し、深寂と名告っていたとある。一方、三条の町は紀名虎の女静子、文徳天皇の更衣、惟喬親王の母、名虎の邸宅が三条にあったゆえに三条町と呼ばれていたらしい。

このように見てくると、「町」という呼称は仁明・文徳の時代に更衣を敬しての呼称であったということになろうか。そして「町」とは、直接的には『大内裏図考証』の言うように常寧殿を区切り「后町」と呼称したことに由来している。女御がそれぞれの殿舎を賜わるのに対して、更衣は常寧殿の中の曹司に住んでいたのである。そしてこのように見るならば、前述のように仁明天皇の文化サロンと深くかかわっていたと見られる小野小町は、仁明天皇の更衣の一人であったということになる。そしておそらく、同じ更衣であった年長者の（姉か）小野の町と区別するために小野の小町と呼ばれていたのであろうと思われて来るのである。

さて、ここに至れば、先に予告しておいた桜井秀・角田文衛両氏の説に戻らなければならぬ。私は桜井氏の論文（「小野小町」国史講習会編『国史上問題の女性』所収・大正一三年刊）をまだ読み得ていない。『古代文化』（一八―四）にのり、後に『王朝の映像』（昭和四五年刊）に収められた角田氏の論文の紹介によって承知するだけなので、どこまでが桜井氏の論で、どこからが角田氏の論であるかはっきりせぬところもあるが、いずれにしても、まことに魅力的な結論というほかはない。「続日本後紀」の承和九年正月八日の条に、二人の無位の女性―藤原朝臣賀登子と小野朝臣吉子が同時に正六位上を授けられた旨が記録されている。ところで、このうちの藤原賀登子は、「一代要記」の仁明天皇の項に

国康親王　四品、上野太守。母従五位藤原当麻呂女従五位上賀登子。昌泰元年三月十五日薨。

とあり、また「本朝皇胤紹運録」にも、

国康親王　四品、上野太守。昌泰元、三、十五薨。母藤原賀登子　福田丸女。

とあり、仁明天皇の皇子を生んだ女性であったことが知られるのであるが、これは藤原賀登子が皇子を生んだから記録に残っただけのことである。賀登子がこのように御息所であったとすれば、承和九年正月八日に全く同じように正六位を授けられた小野吉子もまた同じような立場であった、ただ皇子・皇女を生まなかったか、生んでも夭折したかどちらかであったため、賀登子のようにその旨を示す記録に残ることがなかったのだと角田氏は言われるのである。

かような見解を、前述した小野小町は仁明天皇の更衣であっただろうという推定と結びつけるならば、話はさらにおもしろくなる。小町の本名は小町吉子である可能性ははなはだ高いといわれなければばならない。ただ小町という呼称の「小」にこだわるならば、同じ頃、あるいは小町よりも少し前に、少し年長の小野の町（おそらくは小町の姉）が仁明天皇の後宮にいたと見なければなるまい。岡一男氏のいわれるように（『古典と作家』所収「小野小町新考」）承和九年正月八日に正六位上を授けられた小野吉子は、小町にあらずして、その姉の小野の町であったという可能性もないわけではないのである。

ところで、私は、先に小町の活躍した年代を推定して、小町の女盛り、すなわち二十歳から四十歳までの二十年間は仁明天皇の承和五年（八三八）から崩御後六年目の斉衡二年（八五五）までの間と大体重なるのであろうと言い（一七頁）、また小町の出生は天長二年（八二五）生まれの清行の誕生の前後五年ずつを広げた十年、すなわち弘仁十一年（八二〇）ごろから天長七年（八三〇）ごろの間に求めなければなるまいとも言った（一九頁）。そう考えると問題の承和九年（八四二）正月八日には、小町は十三歳から二十三歳の間であったということになる。あくまで推定の域を出ないので可能性の範囲が広く、十三歳と二十三歳では大変な違いだが、岡一男氏のように小町では若すぎるとして、小野吉子は小町の姉に違いないと決めつけてしまうほどのことはないと思うのである。

承和九年正月に正六位下を授けられた小野吉子は、小町かその姉か、いずれとも決め得ないが、小町が仁明天皇の更衣であったことと、嘉祥三年（八五〇）仁明天皇崩御の後は自由の身となり、「古今集」恋五・七八三番が示すごとく小野貞樹などとも関係を持ったらしいこと、そして遍昭・康秀など、仁明朝の文華を懐しむ人たちとも、時々交渉があったらしいことなどは、まず誤りのないところだろうと思うのである。

五　小町の父小野良実は仮空の人物

角田文衛氏の「小野小町の実像」（『王朝の映像』所収）の前半は、前述のように小野小町が小野吉子であるという考説が中心になっているが、後半は小町が誰の娘か、すなわち小町の家系に焦点があてられている。今、その結論だけを要約すれば、彼女の父は出羽守小野滝雄であり、母は滝雄の現地妻××良実（あるいは良真）の娘である比古姫であったと言われるのである。ただ、これは考証と称すべきものではない。推理小説としても程度の悪い作品である。何よりも気になるのは、用いられた資料についての吟味が乏しく、都合のよい所だけを、しかも部分的に利用しただけという感じが強いことである。たとえば、小町の母が、小野滝雄の現地妻であり、某姓良真（あるいは良実とも書く）の娘で比古姫と称する人だったとしているが、その根拠は「古今集目録」に、

出羽郡司女。或云、母衣通姫云々。号比古姫云々。

とあるのと、「小野氏系図」が小町を小野良真の娘としているのとに依拠したのであろうが、この

二つの資料の吟味は全くなされていないのである。

「古今集目録」にいう「母衣通娘」とは何か。言うまでもなく、「古今集」の仮名序に「小野小町は、いにしへの衣通姫《そとほりひめ》の流なり」とあるのに発しているのである。衣通姫《そとほりひめ》は允恭《いんぎょう》天皇の妃であるから、小町の母であり得ようはずはない。真名序に「小野小町之歌、古衣通姫之流也」とあるように歌風が衣通姫的だといっているのであって家系には何の関係もない。「衣通姫」の方は誰が見てもおかしいから省いて「比古姫」の方だけを角田氏は用いているのだが、その「比古姫」も「古今集目録」の記述では小町自身の別称であって母親のことではなかろう。

　思わず知らず角田氏の新説批判にかたむいてしまったが、すこし次元を変えて、この問題を考え続けよう。角田氏が小町の母の親、つまり小町の外祖父を某姓良実としたのは、やはり中世において一般的であった小町の父を出羽の郡司小野良実とする説に負うているのである。観阿弥の作かと伝えられる謡曲「卒都婆《そとば》小町」に、「これは出羽の郡司小野の良実が娘、小野小町が成《な》れる果《はて》にてさむらふなり」というシテの名のりが見られるが、これは私が『中世古今集注釈書解題二』に翻刻した頓阿法師の説の聞書かという「古今集序注」をはじめ「中院本古今序抄」「了誉序注」など二条家末流の「古今集注釈」にかなり一般的であった説を用いたものである。

　二条家末流の歌学の力が強かったせいか、この説は後述する他の説より有力で、中世末から近世になると、これ以外の説はなくなってしまい、

　　とつ様《つあま》はよし実《ざね》だのに惜しい事

というような露骨な川柳が作られていたほどであるが、ここで注意すべきは、室町時代末期に集成された「尊卑分脈」という系図集成におさめられている「小野氏系図」（『国史大系』所収。『群書類従』系譜部所収のものも同じ）までがその影響を受けているらしいことである。「良真」とあるが、

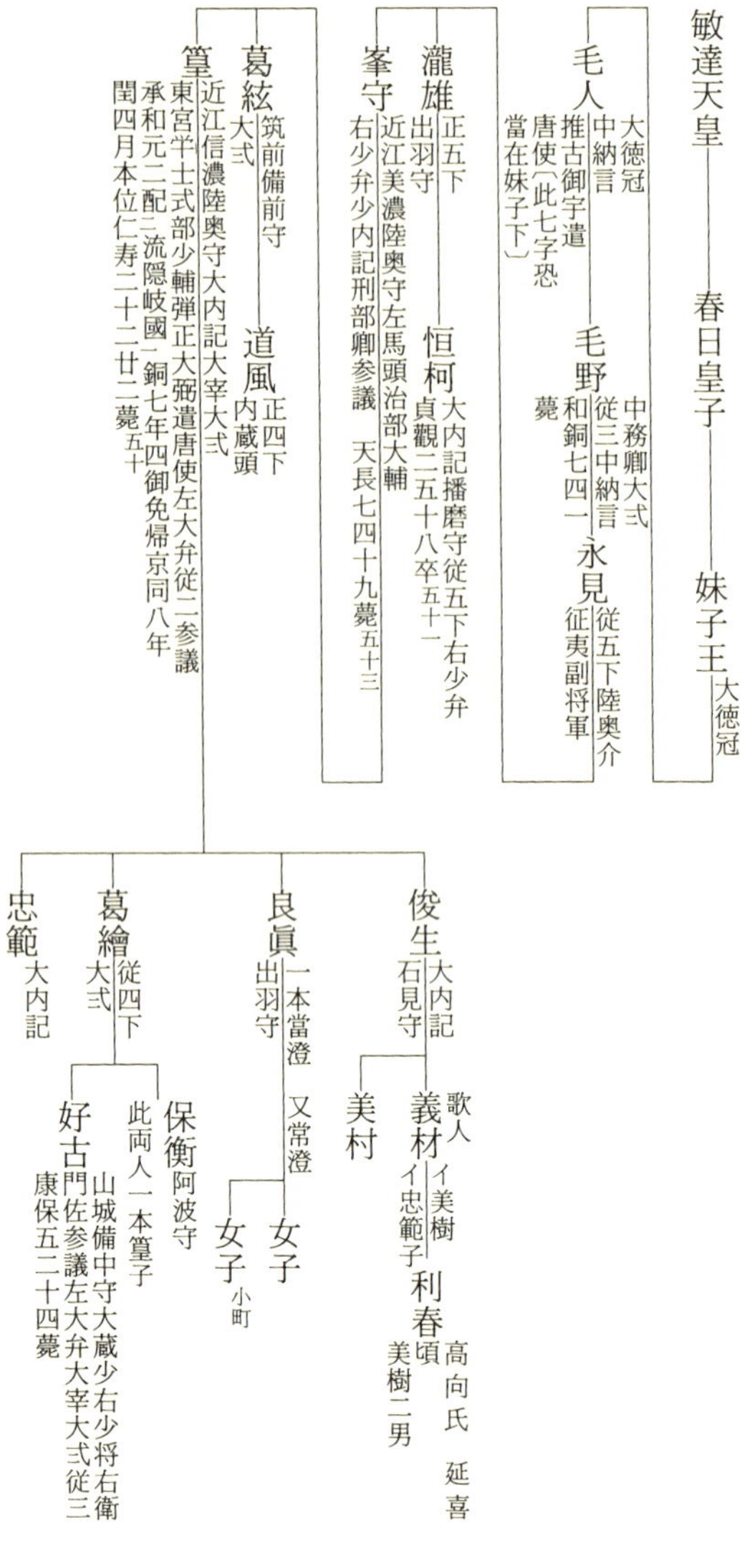

「実」と同じ。「サネ」または「ザネ」と読んでいたのであろう。周囲の人がみな「陸奥守」「備前守」「近江守」「信濃守」「石見守」「山城守」「備中守」など「守」であるので「郡司」とは書きにくく「出羽守」としたのであろう。いずれにしても歌学の方の伝承を系図にとりこんだのであろうことは、(1)『続群書類従』には別種の「小野氏系図」が三種も収録されているのに、そのいずれにも良真(良実)の名は見えないこと、(2)他の史書や記録にも、良真あるいは良実の名は全く見えないこと、(3)「小野氏系図」は女性の名を書かないのに、ここだけ書いていること、(4)名も知れぬ小町の姉を掲げているのは「古今集」七九〇番歌の作者「小町が姉」に引かれての記述らしいこと、などの理由をあげただけでよかろうが、加えて言えば、良真の傍記として、「一本　當澄　又常澄」とあることもその証になし得よう。「當澄」と「常澄」なら書写の間にいずれかがいずれかに誤ったと考えることは十分可能である。だから、「當澄一本常澄」ならわかる。しかし「良真」を「當澄」とか「常澄」に誤ったというのは誤写であり得ない。まったく別の伝承が一つになったのだと思うのである。

ところで、「當澄」は知らないが、「常澄」なら歌学の伝授の中に見える。神宮文庫本「古今集為家抄」は藤原為家の著や説ではなく、宮内庁書陵部にある「古今集抄定家」(図書番号二六六―一二)などと内容は全く同じものだが(拙著『中世古今集注釈書解題　一』に詳述した)、小町を小野常澄の娘とまさしく記しているのである。また『未刊国文古注釈大系』に翻刻されている「毘沙門堂本古今集注」では、「小野小町ハ桓武ノ後胤出羽郡司小野常初ガムスメ也」と記し、中世の古今集享

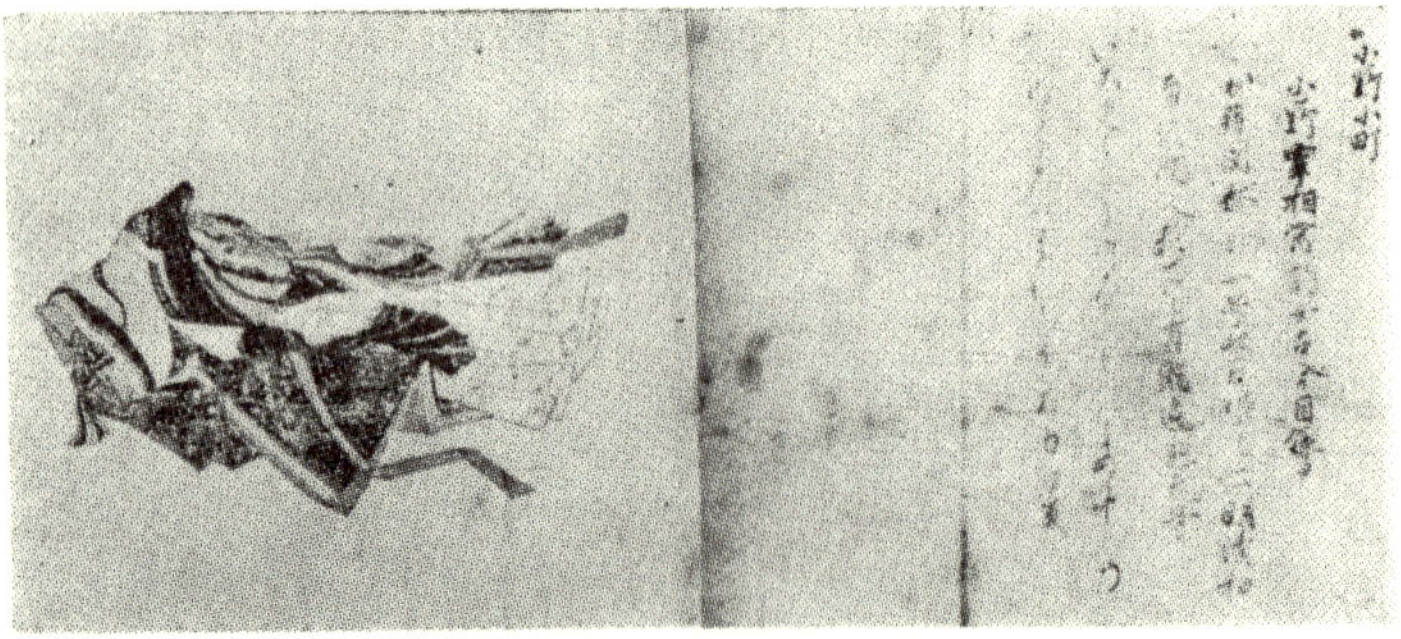

国宝「佐竹本三十六歌仙絵」小町

受にもっとも深くかかわっていると見られる「古今和歌集序聞書三流抄」(これについても、拙著『中世古今集注釈書解題　二』にくわしい紹介と翻刻がある)にも、「中納言良実ノ孫、出羽守小野常初女也」とある。かの「三十六歌仙絵」(伝良経筆、伝信実画)に「小野宰相常詞」とあるのもこれと関係があろう。もちろん常澄にせよ常初にせよ常詞にせよ、史書・記録の類に全く見られない人物である。思うに、鎌倉時代から室町時代にかけて良真(良実)系の伝承と常澄(常初・常詞)系の伝承が共存していた。「小野氏系図」はその良真の方を用いたが、常澄系をも棄て得ず「一本當澄、常澄」と書き加えたのであろう。いずれにせよ歌学の秘伝に属するものを系図に採り入れたのだと思うのである。

この「小野氏系図」に信をおきがたい点は、良実もさることながら、その良実の父を小野《おの》篁《たかむら》としていることによっても証される。つまり小町は篁の孫になっているのである。

小野篁については、今さら説明するまでもなく有名な漢学者、身長六尺二寸の大丈夫、文武両道に秀いでていたが、何

小野氏の本貫，滋賀県滋賀郡志賀町小野（JR湖西線和邇）にある小野篁神社

かと話題の多い人物で「篁《たかむら》物語」をはじめ「江談抄」「今昔物語集」「古事談」「宇治拾遺」などに数々の逸話を残している。遣唐副使となったが、正使藤原常嗣と争い渡唐を拒否したので隠岐に配流されたりしたが、後に許され、仁寿二年（八五二）十二月二十三日に五十一歳で薨じている（「文徳実録」）。これから逆算すれば生年は延暦二十一年（八〇二）ということになる。小町の生年の前述のごとく天長二年（八二五）の前後五年の間、つまり八二〇年から八三〇年の生まれとするならば（一九頁参照）、祖父の篁と孫の小町の年齢差は十三歳ないしは二十三歳。父と娘であれば有り得る年齢差であるが祖父と孫とではまったく話にならぬ。『広辞苑』のいう「出羽郡司小野良真（篁の子）の女という」説は、このように、どうにもこうにもならない説なのだが、それでは小町の父は誰かと問われれば答えようがない。従前の説と同じ程度の想像や臆測ならいくらでも出来るが、学問的に論証せよと言われれば、全く不明というほかはないのである。

六　小野小町と陸奥

昭和四十八年十月十八日の早朝、私は奥羽本線横堀駅

小野良実の居城と伝える桐木田城跡から鳥海山を望む

におりた。プラットホームや駅舎には、小町誕生の地としてその遺跡の数々を知らせる掲示板がある。駅の売店には「小町まんじゅう」が並び、駅前には「小町荘」と称する旅館も見えた。

この地、もと秋田県雄勝郡小野村（現湯沢市）の小町遺跡に関する記録は古い。『日本随筆大成』にもおさめられている「諸国里人談」（菊岡沾涼著）や「芸苑日渉」（村瀬栲亭著）などの江戸時代の随筆にすでに見えるほか、犬井貞恕（一六二〇～一七〇二）の名著「謡曲拾葉抄」の卒都婆小町の注にも、「羽州之人語云、当国仙北の湯沢と院内の間小野村に良実の居所とてあり。此道の東の方、田の中に小町の塚有。此所に薄赤の芍薬ありて毎年九十九輪咲くといへり」と記されている。

「謡曲拾葉抄」のいうように、この地の小町遺跡の特徴は、小町の父と伝える、例の小野良実を前面に押し出していることである。すなわち、良実の居城があったという桐木田城址をはじめ、良実の氏神という走り明神、良実の菩提寺桐善寺、良実の建立と伝える向野寺・熊野神社・磯前神社など、良実が関係せぬところはないといった有様なのである。

しかし、前述したように、小野良実なる人物の存在はまことに疑わしい。はっきり言えば仮空の人物というほかはない。また向野寺の小町手作りの仏像にうかがえるようにこれらの遺跡はいずれも江戸時代のものである。もっとも桐木田城址には凝灰石を六角形に組んだ自然石の円筒型の井戸があり、古井戸研究の権威山本博氏によって平安時代初期のものと鑑定されているように、このあたりがかなりの豪族の住居趾であったとすべきもののようであるが、それを小町の父、小町良実の居宅とする根拠はまったく何もないのである。おそらくは、小野というその地名のゆえに、都の歌学者たちが伝える小町の父小野良実の名を付会したのであろう。昔も今と同じように、文化的情報の多くは中央から地方へ流れていたのである。

桐木田城跡にある平安時代初期の井戸

秋田県雄勝町の小町遺跡はさておき、小町に関する伝承が、前述の出羽守とか出羽郡司とかの娘とする説にも見られるごとく、奥羽地方と結びついていることは確かである。前掲の「小野氏系図」(二六頁参照)にも見られるごとく、小野氏の一族が本来武人の系統で、当時北辺の最前線の鎮護にあたることが多かったということも確かに関係しよう。永見は征夷副将軍で陸奥介(陸奥守とする本もある)、その子滝雄は出羽守、峯守も陸奥守を勤めたし、峯守の子の篁もまた陸奥守に任ぜられている。さらに別の系図によると忠範も出羽守を勤め、保衡も陸奥守に任ぜられている。また道風の弟春風が鎮守府副将軍として大なる功があったことは有名である。

このように、小野氏と陸奥・出羽にまったく切っても切れぬ関係があったことは事実であり、これが小町と陸奥とを結びつけるのに大きな役割をはたしたことも確かであるが、一方、定家書写本系の「古今和歌集」の巻末に付加されている、いわゆる墨滅歌《すみけちうた》の中にある小町の歌一首が、やはり一つの役割をはたしているのである。すなわち一一〇四番に、

おきのゐ、みやこじま　　小野小町

おきのゐて身を焼くよりもかなしきはみやこしまべの別れなりけり

とよんでいることが深く関係しているのである。「からこと　清行下」と定家本には注があるように本来は巻十・物名の部・四五六番の「からことといふ所にて春の立ちける日よめる」という詞書を持つ安倍清行の歌の後に位置していたのであるが、前述のように巻末に切り出されたのである。ところで、この清行の歌も「からことといふ所にて」と詞書があって地名をよみこんだものであることがわかるが、次の四五七は「いかがさき」、四五八・四五九は「からさき」、以下「かみやがは」「よどがは」「かたの」と地名が続くので、「おきのゐ」「みやこじま」も当然地名であろうが、それがどこにあるのか、まったくわからない。ただ「伊勢物語」一一五段にこの歌が利用されて、

昔、陸奥の国にて、男女すみけり。男、「都へいなむ」といふ。この女いとかなしうて、うまのはなむけをだにせむとて、おきのゐで、みやこじまという所にて、酒飲ませてよめる。

おきのゐて身を焼くよりも悲しきはみやこしまべの別れなりけり

というように、「おきのゐで　みやこじま」が所在不明ながらも、今の宮古市あたりと関係づけられたのか、奥羽地方の地名になっているのである。しかも彰考館文庫本「伊勢物語抄」など中世の伊勢物語注釈書には、この女を小野小町のこととしているものが多い。既に平安時代から「伊勢物語」の享受に関連して小町が陸奥に住んでいたと人々が思うようになっても不思議ではないのである。

七　「玉造小町子壮衰書」を読む

ところで、小町と陸奥との関係に関連して忘れることの出来ないのは、「群書類従」の文筆部にもおさめられている「玉造小町子壮衰書」のことである。今、「寛文三稔癸卯仲秋吉辰　長尾平兵衛開板」と刊記のある寛文版本を基本にして、「慶安五壬辰歳四月廿五日　山本右京写本ニ而書之。賀茂県主氏任（花押）」という奥書のある著者架蔵の写本を参照して、漢文で書かれている本文を試みに読み下してみよう。

玉造小町子壮衰ノ書一首幷ビニ序

予、行路之次《ツイデ》、歩道之間、径辺《ミチノホトリ》途傍《ミチノカタハラ》ニ一《ヒトリ》ノ女人有リ

容貌ハ顦顇《セウスイ》シテ、身体《シンテイ》ハ疲痩《ツカレヤセ》タリ

頭《カウベ》ハ霜フリタル蓬ノ如ク、膚《ハダヘ》ハ凍《コホ》リタル梨《ナシ》ニモ似タリ

骨ハ辣《ソバダ》チテ筋《スヂ》ハ抗《タカ》クナリ、面《オモテ》ハ黒クシテ歯ハ黄バミタリ
裸形《ハダカ》ニシテ衣《コロモ》ナク、徒跣《ハダシ》ニシテ履《ハキモノ》ナシ
声ハ振ルヘテ言フコト能ハズ、足ハ蹇《ナ》エテ歩《アユ》ムコト能ハズ
糇糧《コウリヤウ》已《スデ》ニ尽《ツ》キテ朝夕ノ飡《アヂハヒ》　支《ササ》ヘ難ク、糠粃《カウヒ》悉《コトゴト》ク畢《オハ》ツテ旦暮之命ヲ知ラズ
左　臂《ヒダリノヒヂ》ニハ破レタル筐《アジカ》ヲ懸ケ、右手《ミギノテ》ニハ壊《ヤブ》レタル笠ヲ提《モ》ツ
頸《クビ》ニハ一《ヒトツ》ノ嚢《ツツミ》ヲ係《カ》ケ、背ニハ一《ヒトツ》ノ袋ヲ負ヘリ
袋ニ容《イ》レタルハ何物ゾ垢《アカツキ》　膩《ヨゴレ》タル衣、嚢《ツツミ》ニ容《イ》レタルハ何物ゾ粟豆ノ餉《カレイヒ》
笠ニ入タルハ何物ゾ田ノ黒キ蔦茈《ナマクワヰ》、筐《アジカ》ニ入レタルハ何物ゾ野ノ青キ蕨薇《ワラビ》
肩ノ破レタル衣ハ胸ニ懸《カ》カリ、頸ノ壊《ヤブ》レタル蓑《ミノ》ハ腰ニ纏《マト》ヘリ
衢間《チマタ》ニ匍匐《ハラバ》ヒ、路頭ニ徘徊《サスラヒ》タリ
　予《ワレ》、女ニ問ウテ曰《イハ》ク
汝《ナンヂ》、何《イヅ》クノ郷之《サトノ》人ゾ、誰《タ》ガ家ノ子ゾ
誰《タ》ガ村ニカ往還シ、何《イヅ》レノ県《アガタ》ニカ去来セル
父母有哉《アリヤ》、子孫無哉《ナキヤ》　兄弟無哉《ナキヤ》、親戚有哉《アリヤ》
　女、予《ワレ》ニ答テ曰《イハ》ク
吾《ワレ》ハ是《コレ》倡家ノ子ニシテ良室ノ女焉《ムスメナリ》
壮《サカン》ナリシ時ニハ憍慢《ケウマン》最《モツトモ》　甚《ハナハダ》シク、衰《オトロ》ヘタル日ニハ愁歎《シウタン》猶《ナホ》深シ

齡《ヨハヒ》ハ未ダ二八ノ員《カズ》ニ及バザルニ、名ハ殆《ホトン》ド三千之列ヲ兼ネタリ
花帳《ハナノトビラ》ノ裏《ウチ》ニ寵セラレテ外戸ニ歩《アユ》マズ　珠簾《タマノスダレノ》之内ニ愛《アイ》セラレテ傍《カタハラ》ノ門ニ行クコト無シ
朝《アシタ》ニハ鸞鏡《ランキヤウ》ニ向ヒ蛾眉ヲ点ジテ容貌ヲ好クシ、暮《ユフベ》ニハ鳳釵《ホウノカンザシ》ヲ取リ蟬翼ヲ画《カ》キテ艶色ヲ理《ツクロ》フ
面《オモテ》ニハ白粉ヲ絶タズ、顔《カホ》ニハ丹朱《ベニ》ヲ断ツコトナカリキ
桃ノ顔《カンバセ》ハ露ニ咲《ヱ》ミテ、柳ノ髪《カミ》ハ風ニ梳《クシケ》ヅル
腕《タブサ》ハ肥《コ》エテ玉ノ釧狭《タマキセバ》ク、膚《ハダヘ》ハ脂《アブラ》ヅイテ錦《ニシキ》ノ服《フク》モ窄《セバ》シ
暐曄《アザヤカ》ナル面子《カンバセ》ハ芙蓉ノ暁《アカツキ》ノ浪ニ浮カベルカト疑《ウタガ》ハレ　婀娜《タヲヤカ》ナル腰支《コシツキ》ハ楊柳《ヤナギ》ノ春風ニ乱ルルカト誤タル
楊貴妃ノ華眼《ハナノメ》モ奈《イカン》トモナシエズ、李夫人ノ蓮睫《ハチスノマナジリ》ヲモ屑《モノノカズ》トモセズ
衣ハ蟬翼ニ非《アラ》ザレバ着ズ、食ハ麞牙《クジカノゲ》ニ非ザレバ喰ハズ
錦繡ノ服ハ数蘭閨《シバシバランケイ》ノ裏《ウチ》ニ満《ミ》チ、羅綾《ラレウ》ノ衣《キヌ》ハ多ク桂殿《ケイデン》ノ間ニ餘レリ
緗袖《ハナダノソデ》ハ飄颻《ヒルガヘリ》テ彩雲《サイウン》ノ翠嶺《スヰレイ》ヲ廻《メグ》ルガ如ク、絢袂《アヤノタモト》ハ暐曄《カカヤキ》テ碧浪《ヘキラウ》ノ蒼濱《サウヒン》ニ畳メルニ似タリ
綺羅《キラ》地ヲ照《テ》ラシ、光色《クワウシヨク》天ニ翻《ヒルガヘ》ル
兎衾貂裘《ウサギノフスマフルキノカハギヌ》ハ紅藍ニ湿《ウルホ》シテ色濃《コマヤカ》ナリ、蟬袂蛛裳《セミノコロモクモノハカマ》ハ紫蘇ニ染メテ彩麗《イロウルハ》シ
光ハ麒麟ノ釧《タマキ》ヲ照ラシ、香ハ鴛鴦ノ被《フスマ》ニ薫ル
巫峡《フケフ》ノ行雲ハ恒《ツネ》ニ襟上《エリノウヘ》ニ有リ、洛川《ラクセン》ノ廻雪ハ常ニ袖中《ソデノウチ》ニ処《ヲ》リ

羅《ウスモノ》・韈《シタウツ》・綾鞋《アヤノカハグツ》ハ竜鬢《リウノヒゲ》ノ筵《ムシロノウヘ》表ニ集メ、細履《ハナダノクツ》・帛跣《キヌノハキモノ》ハ象牙ノ床端《ユカノハシ》ニ並ブ
薫馨《クンケイ》尽《ツクル》コト無ク、光彩《クワウサイ》余《アマリ》有リ
顔色《ガンショク》美艶《ビエン》ノ姿《スガタ》ハ華鰓《カサイ》ノ露《ツユ》ニ咲《エミ》ヲ開《ヒラ》クルニ同ジク、気香《キキヤウ》薫馥《クンフク》ノ皃《カンバセ》ハ蘭麝《ランジャ》ノ風ニ散ルニ異《コト》ナラズ
釆女《サイヂョ》・奴婢《ヌヒ》ハ左右ニ陪従《バイシヤウ》シ、役士《エキシ》僮僕《ドウボク》ハ前後ニ囲繞《ヰネウ》セリ
家ニハ璸瑁《バイマイ》ヲ装《ヨソ》ヒ、室ニハ瓊瑤《ケイエウ》ヲ粧《カザ》ル
壁ニハ白粉ヲ塗リ、垣ニハ丹青ヲ画《エガ》ク
簷《ノキ》ニハ琥珀《コハク》ヲ貫《ツラヌ》キ、簾《スダレ》ニハ蚌蛤《バウタイ》ヲ係《カ》ク
帳ニハ翡翠ヲ並べ、幌ニハ燕紫《エンシ》ヲ接《マヂ》フ
窓ニハ雲母《キラ》ヲ流シ、戸ニハ水精《スイシヤウ》ヲ浮カブ
床《ユカ》ニハ珊瑚ヲ舗《シ》キ、台《ダイ》ニハ瑪瑙《メナウ》ヲ鏤《チリバ》ム
紅蠟《コウラフ》ノ燈ハ九枝ヲ挑《カカ》ゲテ堂上ニ満チ、翠麝《スヰジヤ》ノ薫《タキモノ》ハ百花ヲ招イテ室中ニ餘ル
万慮心ニ任セ、百思自ラ足レリ
衣裳ハ奢侈《オゴリオゴリ》テ、飲食ハ充満《ミチミ》テリ
素粳《ソコウ》ノ紅粒《コウリウ》ハ玉爨《ギヨクサン》ニ炊《カシ》キテ金垸《キンワン》ニ盛リ、緑醪ノ清酯《セイシヨ》ハ珠《タマ》ノ壺《ツボ》ニ溢《ミ》チテ鈿樽《デンソン》ニ斟《ク》ム
鱠《ナマス》ハ頳鯉《セキリ》ノ腴《ツチズリ》ニ非《アラ》ザレバ嘗《ナ》メズ、鮨《スシ》ハ紅鱸《コウロ》ノ腮《アギト》ニ非《アラ》ザレバ味ハズ
鮹鮒《シウフ》ノ炰《ツツミヤキ》、翠鱒《スヰソン》ノ炙《アブリモノ》

鮪鱁《タコアサジ》ノ羹《アヘモノ》、鮭鰹《サケカツヲ》ノ臛《ニコガシ》
膆《アツモノ》ハ東河ノ鮎《アユ》ヲ沸《ワカ》シ、膱《シルモノ》ハ北海ノ鯛ヲ煮ル
鮭《サケ》ノ條《ヲサシ》、鯔《ナヨシ》ノ楚《スハヤリ》、鱣《ウナギ》ノ鮨《スシ》、鮪《シイラ》ノ膔《アツツクリ》
鶉《ウヅラ》ノ膝《シルモノ》、鴈《カモ》ノ醢《シホカラ》、鳳《ホウ》ノ脯《ミノワタ》、雉《キジ》ノ臛《ツチカキ》
熊ノ掌《タナゴコロ》、兎ノ脾《ヨハシ》、鹿《ヲジカ》ノ髄《アブラ》、竜《タツ》ノ脳《ナツキ》
煮《ニ》タル蚫《アワビ》、煎《セン》ゼル蚌《ハマグリ》、焼《ヤ》キタル焦蠟《イリコ》
亀ノ尾、鶴《ツル》ノ頭、蟹《カニ》ノ螯《オホツメ》、螺《ツブ》ノ胆《キモ》
銀盤ニ備ヘ金机ニ調ヘ、鈿盞《デンサン》ニ饌《ソナ》ヘ、鏤《チリバ》メタル塁《ツイカサネ》ニ膳《トトノ》ヘタリ

又

神嶺ノ美菓ヲ集メ、霊沢ノ味菜ヲ聚《ツドヘ》タリ
東門五色ノ瓜《ウリ》、西窓七斑ノ茄《ナスビ》、敦煌《トンクワウ》八子ノ㮈《カラナシ》、熿煥《クワウクワン》五孫ノ李《スモモ》
大谷張公《タイコクチユウコウ》ノ梨《ナシ》、広陵楚王ノ杏《カラモモ》、東王父《ブ》之仙桂《センケイ》、西《セイ》王母《ボ》之神桃《シンタウ》、
魏南牛乳《ギナンギウジウ》ノ椒《ハジカミ》、趙北鶏心ノ棗《ナツメ》、泰山花岳《タイザンクワガク》ノ乾柿《ホシガキ》、勝丘《シヤウキウ》玉阜《フ》ノ篩栗《カチグリ》
嶺南ノ丹橘《アカキタチバナ》、渓北《ケイホク》ノ青柚《アオキユウ》、河東《カトウ》ノ素菱《シロキヒシ》、江南ノ翠茈《アヲキクワヰ》
万号千名、珍味美香アリ
三皇五帝ノ妃モ未ダ此ノ憍《オゴリ》ヲ成《ナ》サズ、漢王周公ノ后モ未ダ其ノ侈ヲ致《イタ》サズ
栄《サカエ》ハ身ニ剰《アマ》リ、賞《ヨロコビ》ハ品《シナ》ニ過ギタル也

是ヲ以テ

鶯囀ル三春ノ始ニハ早《アシタ》ニ雪梅ヲ幌帳《クワウチヤウ》ノ下《モト》ニ翫《モテアソ》ビ

鹿鳴《ナ》ク九秋之終ニハ晩《クルル》マデ露菊ヲ簾簷《レンエン》ノ中《ウチ》ニ賞ス

花ノ時ヲ待チテハ玉筆ヲ秉《ト》リテ紅桜紫藤ノ和歌ヲ詠ジ

月ノ夜ヲ迎ヘテハ金絃ヲ操《ト》ツテ鶴琴竜笛《カクキンリユウテキ》ノ妙曲ヲ調《シラ》ブ

口ニ鳳凰ノ管ヲ吹ケバ梁塵廻《リヤウヂンメグ》リテ声斜《コエナノメ》ナリ

手ニ鸚鵡《アウム》ノ觴《サカヅキ》ヲ取レバ漢月落チテ影静カナリ

之ニ依ツテ

君臣ノ子孫ハ婚姻ヲ日夜ニ争ヒ、富貴ノ主客ハ伉儷《カウレイ》ヲ時辰ニ競《キソ》フ

然レドモ

爺嬢《チチハハ》ハ許サズ、兄弟ハ諾《ウベナ》フコト無シ

唯王宮ノ妃トシテ献ラムトイフコトノ議《ハカリゴト》ノミ有リテ、専《モッパ》ラ凡家ノ妻トシテ与ヘムトイフ

コトノ語《カタラヒ》ハ無シ

而《シカ》ル間《アヒダ》

十七歳ニシテ悲母《ヒボ》ヲ喪《ウシナ》ヒ、十九歳ニシテ慈父《ジフ》ヲ殞《ホロボ》ス

二十一ニシテ兄ヲ亡《ウシナ》ヒ、二十三ニシテ弟ヲ死《オク》ル

別鶴《ベッカク》ノ声漢天ニ叫ビテ聴クコト幽《カスカ》ナリ、離鴻《リコウ》ノ音《コヱ》胡地に唳《ナ》キテ愁フルコト切ナリ

朝《アシタ》ニハ孤《コ》館ニ居テ涙ヲ落シ、暮《ユフベ》ニハ孫庇《ソンビ》ニ坐シテ腸《ハラワタ》ヲ断ツ
奴婢《ヌヒ》従ハズ、僮僕《ドクボク》仕《ツカ》フルコト無シ
富貴漸ク微《ウスラ》ギテ、衣食屡《シバシバ》踈《オロソ》カナリ
家屋自《オノヅカ》ラ壊《コハ》レテ風霜暗《ソラ》ニ堕《オ》チ、雨露偸《ヒソカ》ニ浸《オカ》ス
門戸既ニ荒レテ、草木悉ク塞《フタ》ガル
荊棘《ケイキョク》ハ其ノ内ニ繁リ、狐狸《コリ》ハ其ノ裏《ウチ》ニ棲《ス》ム
蝙蝠《カハホリ》簷《ノキ》ニ棲《ス》ミテ、蟋蟀《キリギリス》ハ壁ニ居リ
熠燿《シウエウ》ハ光ヲ満テ、雷電《ライデン》ハ声ヲ発ス
福根《フクコン》已《スデ》ニ死《カ》レテ、禍葉《クワエフ》自《オノヅカ》ラ生ヒタリ
財産屡《シバシバ》尽キテ、貧《ヒン》孤独《コヒトリノコ》遺レリ
稲穀《タウコク》ノ餘《アマリ》ハ尽《コトゴト》ク空主ノ施《セ》ニ献ジ、絹布ノ残《ノコリ》ハ皆亡親《バウシン》ノ徳《トク》ニ報ズ
僅ニ餘レル遺財ハ沽尽《ウリツク》シ、適《タマタマ》留《トドマリ》残《ノコ》レル蓄《タクハヘ》ハ商《アキナヒ》畢《ヲハン》ヌ
　嗟呼《アア》、哀《アハレ》ナル哉《カナ》
昔ハ鰥孤《クワンコ》ニシテ家門ニ餘《アマリ》ニシヲ聞キ、今ハ寡独《クワドク》ニシテ道路ニ跰《サスラ》フルヲ見ル
無益《アヂキナシ》、人間《ジンカン》ニ廻《メグ》テ生前ノ耻《ハヂ》ヲ懐《イダ》カムヨリハ仏道ニ帰シテ死後ノ徳ヲ播《ホドコ》サムニ如《シ》カジ
　伏《フ》シテ惜《オモンミ》レバ
金釵玉環モ仏宝ノ粧《カザリ》ト成スベキハナク、繍服羅襟モ法衣ノ備《ソナヘ》ニ作《ナ》スベキモナシ

是ヲ以テ

霜鬢《サウビン》ノ愁《ナマジヒ》ニ遺《ノコ》レルヲ削リテ、長ク六塵《ロクヂン》ノ棲《スミカ》ヲ厭《イト》ハムト欲ス

雪髪《セツパツ》ノ纔《ワヅカ》ニ残レルヲ剃《ソ》リテ、忽《タチマ》チニ三宝ノ境ニ帰《キ》スベシ

鸞鏡《ランキヤウ》ヲ 掌《タナゴコロ》ニ 翫《モテアソ》ビシ日ハ青黛眉《セイタイマユ》ヲ尽シテ鳳容《ホウヨウ》ヲ好ミ

鵞珠《ガシユ》ヲ頭《カウベ》ニ戴《イタダ》ク時ハ白毫身《ビヤクガウミ》ニ遍《アマネク》シテ月皃《ガツパウ》ヲ備《ソナ》フ

須《スベカラ》ク尼《アマ》ト作《ナ》リテ以テ仏ニ帰シ、僧ニ従ヒテ法ヲ聴《キ》クベシ

然レドモ

染《ソ》メテ被《キ》ルベキ衣無《コロモナ》ク、饌《ソナ》ヘテ供スベキ食無《ジキナ》シ

徒《イタヅ》ラニ一心ニ憶《オモ》フト雖《イヘド》モ、猶未《ナホイマ》ダ十方《ジツバウ》ヲ啓《ヒラ》カズ

仰《アフ》ギ願《ネガハ》クハ諸仏必ズ孤身《コシン》ヲ導キタマヘ

予《ヨ》、此ノ語ヲ聞キ、自《オノヅカ》ラ其言ヲ陳《ノ》ブ

蒼天《サウテン》ヲ仰《アフ》ギテ悲泣《ヒキウ》シ、白日《ハクジツ》ニ俯《フ》シテ愁吟《シウギン》ス

夫《ソレ》オモンミレバ

富貴ハ天ノ与フル所ナリ、東西南北ノ雲色定マラズ

愛楽ハ人ノ感ズル所ナリ、生老病死ノ風ノ声常ナシ

言ヲ老衰ノ女ニ寄ス、誰人カ永年富貴ヲ保ツコト有ラム

孤寡《コクワ》ノ嫗ニ説カント欲ス、孰《タレ》ノ子カ数歳康寧ヲ期スルコト有ラム

茲《コレ》ニ因リテ
且ハ楽天秦中吟ノ詩ヲ学ビ、且ハ幸地嚕上詠ノ賦ニ效《ナラ》フ
韻ヲ古調ニ造リテ、詩ヲ新章ニ賦セント云フコト爾《シカ》ナリ

ずいぶんと長かったが、実はここまでが序文で、本来の詩は以下に続く。

路頭ニ老婆有リ　其ノ体《テイ》甚ダ弱微ナリ
気力皆顦顇シ　容顔　悉《コトゴトク》　痩セ疲レタリ
身ノ衣ハ風ニアヘル葉ノゴトクニ乏《トモ》シク　口ノ食《ジキ》ハ露ニアヘル花ノゴトクニ希《マレ》ナリ
夏ニハ蓮《ハチス》ノ睫《マナジリ》ヲ点《テン》ゼズ　春ニハ柳《ヤナギ》ノ眉《マユ》ヲ画《エガ》クコトモナシ
鶴髪《オイタルカミ》ハ霜ニアヘル蓬ノゴトク　鮐背《オイタルセ》ハ凍レル梨ニ似タリ
頭ヲ叩イテ落髪ヲ梳リ　首ヲ掻キテ遺髭《ノコレルシ》ヲ挑《モテアソ》ブ
行歩ニ身《ミ》ハ猶《ナホ》弱ク　起居ニ質《シツ》甚ダ羸《ツカ》レタリ
恨シキ哉《カナ》父母ニ離レテハ　涼燠数《リヤウイクシバシバ》推移シ
哀レナル哉爺孃《カナチチハハ》ニ別レテハ　歳月多ク改リ之《ユ》ク
霜ハ幽墓ノ骸《カバネ》ヲ封《フウ》ジ　月ハ故墳ノ屍《シカバネ》ヲ曝《サラ》ス
松ハ老イテ風颯々《サツサツ》タリ　萊《ヨモギ》ハ生《オ》ヒテ雪皚々《ギギ》タリ
丹ヲ焼《ヤ》キテ腸《ハラワタ》早ク断エ　血ニ染ムル涙先《マ》ヅ垂《タ》ル
指ヲ弾《ダン》ジテ眼《マナコ》合セ難ク　臍《ホゾ》ヲ噬《カ》ミテ頤《オトガヒ》支《ササ》ヘ叵《ガタ》シ

胸肝《キヤウカン》春《ツ》イテ剰有《アマリア》リ　腹胆砕《フクタンクダ》ケテ遺無《ノコリナ》シ
仏ニ白《マウ》シ僧ニ談ズル志《ココロザシ》　恩ヲ報ジ徳ヲ謝スル思《オモヒ》
寡孤ニテ年ヲ送ル処　嫁グニ一猟師ヲ得タリ
猟師ニ二婦アリ　孤妾ニ一婢ナシ
二妻互ニ咒咀《ジユソ》シ　一身自《ミヅカ》ラ憂悲ス
憂悲シテ日ヲ過ス程ニ　一ノ男児ヲ産ミ得タリ
男児ノ容顔ハ美シクシテ　妾ガ身ハ形体衰ヘタリ
我ガ形《カタチ》ノ痩《ヤ》セタルヲ歎クコト無ク　子ノ皃《カホ》ノ肥《コ》エタルヲ思フコトノミ有リ
皮膚《ヒフ》ニハ瘡痏《サウイウ》満《ミ》チ　骨筋《コツキン》ニハ痛疵《ツウシ》遮《アマネ》シ
青黛《セイタイ》永《ナガ》ク鏡《カガミ》ヲ捐《ス》テ　碧箱《ヘキソウ》長《ナガ》ク璣《タマ》ヲ棄《ス》テタリ
秋ノ霜ニ素髪《ソハツ》ヲ梳《クシケヅ》リ　暁ノ浪ニ黄髭《クワウシ》ヲ洗フ
唇《クチビル》ハ膠《ア》レテ朱《ベニ》ノ潤《ウルホヒ》無ク　面《オモテ》ハ皺《シワ》ニナリ粉《オシロイ》滑《ナメラ》カナラズ
富メルトキハ潤屋《ジユンヲク》ノ閎《ヒロ》キニ遊《アソ》ビ　貴《タフト》キトキハ洞房《トウバウ》ノ陴《セバ》キニ戯《タハ》ブル
月ノ底《モト》ニハ髪鬌《ホノカニ》ニ咲《エ》ミ　花ノ前ニハ逶迤《ナナメ》ニ歩《アユ》ム
錦繍金鏤《キンシウキンロウ》ノ帳《トバリ》アリ　璨珣玉綏《エウジユンギヨクジユ》ノ帷《タレギヌ》アリ
鳳凰ノゴトク翅《ツバサ》ヲ交《マジ》ヘタル輦《テグルマ》アリ　麒麟《キリン》ノゴトク蹄《ヒヅメ》ヲ並ベタル騎《ノリモノ》アリ
貧シクシテ露命ヲ継《ツ》ギ難ク　賤クシテ風姿ヲ絶チ易シ

日暮レバ荒《ア》レタル閨《ネヤ》ニ眠リ　朝闌《アサタタ》クルマデ壊《コハ》レタル扉《トビラ》ニ伏セリ
鴛鴦ハ翼《ツバサ》ヲ会《ア》ハスコト無ク　魮䱐《ビボク》ハ鰭《ヒレ》ヲ雙《ナラ》ベズ
子ニ紆《マトハ》ムトシテ襁褓《キヤウハウ》ヲ乞《コ》ヒ　夫ニ被《キ》セントシテ線綏《センスヰ》ヲ尋《タヅ》ヌ
夫ニ縁ルコト紫燕《シエン》ノ如ク　子ヲ愛スルコト斑雉《ハンチ》ニ似タリ
鵠翟幽巣《コクテキユウサウ》ニ栖《ス》ミ　雌雄故籬《シユウコリ》ニ処《ヲ》リ
籬《マカギ》傾《カタブ》キテ声喃々《ナンナン》タリ　巣覆《クツガヘ》リテ嘷咨々《コエシシ》タリ
言ヲ寄ス雉《キジ》ト燕《ツバクラメ》トニ　夫妻悉《コトゴト》ク謗譏《バウキ》ス
心ヲ卵《カヒコ》ト雛《ヒナ》トニ廻《メグ》ラシテ　母子屢《シバシバ》憐《カナ》慈《シ》ブ
子痩《ヤ》セヌレバ前後《ゼンゴ》無ク　夫瞋《イカ》リタレバ是非セズ
衣装疎カナレバ杖ニ任セ　飡飲《ザンオン》麁《アラ》キ時ハ笞《シモト》ヲ加フ
夫ハ芸能猶《ナホ》劣《ツタナ》ケレバ　婦《ツマ》ノ貞潔《テイケツ》最《モツトモ》卑《イヤ》シ
君ハ室ヲ用ヰルニ心無ク　我ハ家ヲ治ルムニ足ラズ
昔日ハ千思敏《サト》カリシニ　今時ハ万慮癡《オロ》カナリ
漁翁ハ秋浪ニ棹《サヲ》サシ　織婦ハ暮霜ニ機《ハタオ》ル
翠畝ニハ久シク鋤ヲ棄《ス》テ玄疇ニハ長ク鉉《クハ》ヲ擲《ナゲウ》ツ
薄田ニハ禾穓《イネキ》々《キ》タリ　疎畠ニハ麦《ムギ》離々タリ
唯畝猟《タダデンレフ》ヲ業トスルアリテ　更ニ蓄《タクハヘ》毫厘《ガウリン》モ無シ

林ノ蹄《ヒヅメ》ハ日ヲ過《スゴ》ス食ニシテ　野ノ翅ハ時ヲ送ル資《タスケ》ナリ
朝《アシタ》ノ饌《ソナヘ》ニハ皐《サハ》ノ鵝鴨《カモ》　暮《ユウベ》ノ厨《クリヤ》ニハ嶺《ミネ》ノ鹿麋《シカ》
臞腱《クケン》ハ盎盞《アウサン》ニ満チ　髄脳ハ盃盤ニ滋《シゲ》シ
走獣ノ膻膝《ナマグサ》キ腐《シシムラ》アリ　飛禽ノ腥膩《ナマグサ》キ脂《アブラ》アリ
鮮香ハ唇ノ上ニ散ジ　臭気《シウキ》ハ鼻ノ中ニ貽《ノコ》ル
生前《シャウゼン》ノ辜限《ツミカギリ》アラズ　死後ノ苦《クルシミ》　比《ナラビナ》無シ
願ハクハ六塵ヲ捨離シ　請《コ》フラクハ三宝ヲ受持セン
荒レタル家ニハ蝙蝠棲ミ　破レタル屋ニハ狐狸居リ
蟋蟀《キリギリス》　喧《カシマ》シク壁ニ懸リ　蜩蟬《セミ》鳴キテ囲《トザシ》ニ処《ヲ》ル
蚖蛇《クチナハ》ハ月ノ傭《マド》ニ臨ミ　蝮蝎《マムシ》ハ雲ノ楣《カサギ》ニ列《ツラナ》ル
荊棘《イバラ》ハ剗《キ》リ掃《ハラ》ヒ難《ガタ》ク　莪蒿《ガカウ》ハ未ダ刈夷《カリタヒラ》ゲズ
故園ニ悲風起《オコ》リ　疎窓ニ泣露纍《カサ》ナル
艱難《カンナン》シテ数歳ヲ過シ　惆悵《チウチヤウ》シテ多時ヲ送ル
去リテ来ラザルハ壮《サカン》ナル齢《ヨハヒ》　来リテ去ル無キハ衰《オトロ》ヘタル娸《スガタ》
月光ハ耀輝《カカヤキ》ヲ減ジ　霜色ハ寒威ヲ増ス
残日闌《タ》ケテ猶《ナホ》少シ　余年縮リテ復《マタ》　幾《イクバク》ゾ
富貴ハ天帝ニ祈リ　歓栄ハ地祇ニ請フ

青渓ニ瑞草ヲ尋ネ　翠嶺ニ珍芝《チンシ》ヲ求ム
前後実語ニ非ズ　古今虚詞ノミ有リ
餓ニ坐シテ妙薬ヲ求メ　疾ニ臥シテハ良医ヲ訪フ
雪ノ髪ヲ除キテ仏ニ帰シ　霜ノ鬢ヲ剃リテ尼ト作《ナ》ラン
有習《ウシフ》ノ塵服《ヂンブク》ヲ払《ス》テテ　無為ノ法衣ヲ被《キ》ム
六道ノ輪廻ヲ悲ビテ　三途ノ往帰ヲ愍《アハレ》マン
君ハ前《サキ》ダチテ我ハ後《オク》レ　子ハ傷《イタ》ミテ夫ハ痿《ホロ》ビタリ
父母ハ喪《モ》シテ拠《ヨルトコロ》アラズ　夫児殞《ホロ》ビテ依《タノミ》ナシ
眼前ノ福ヲ屑《モノノカズ》トセズ　身後ノ禔《サイハヒ》ヲ専ラニスベシ
唯応《タダマサ》ニ有漏《ウロ》ヲ厭《イト》フベシ　亦無為ヲ願ハムト欲ス
秋夜深クシテ緬々タリ　春日永クシテ遅々タリ
涙ヲ捫《ヌグ》ヒテ臥シテ悕惻《カナシミウレ》ヘ　腸《ハラワタ》ヲ断チテ起キテ喔咿《ナゲキワ》ブ
片時モ袂乾キ難ク　長夜モ枕敧《ソバダ》テ易シ
愁気ハ心府《シンプ》ニ余リ　憤神《フンシン》ハ胸陂《キヤウヒ》ニ満ツ
永ク往生ノ餞《ハナムケ》ヲ牽《ヒ》イテ　忽チニ発心《ホツシン》ノ餐《カテ》ヲ致ス
智海ニ心魚ヲ漁《スナド》リシ　法城ニ意馬《イバ》ヲ馳《ハ》ス
法雨灑《ソソ》キテ申《シン》々タリ　梵風扇《アフ》ギテ韙々《ヰヰ》タリ

恵日《エジツ》ノ光《ヒカリ》晴晰《セイシヤク》タリ　慈雲ノ色霽霏《セイヒ》タリ
生々ノ観誤タズ　世々ノ憑《タノミ》疑ヒ無シ
速カニ娑婆ノ界ヲ謝シテ　遄《ハヤ》ク極楽ノ塀《ニハ》ニ参ラム
二尊ヲ我友ト為《ナ》シ　一仏ヲ吾師ト作《ナ》サム
華色ハ千葉ニ折リ　燭光ハ九枝ニ挑《カカ》ゲム
三身ノ体相ヲ観ジテ　万徳ノ威儀ヲ瞻《マボ》ラム
宝樹ノ琪蘂《キズイ》ヲ歩《アユ》ンデ　瑤《エウ》泉ノ瑗池《エンチ》ニ遊バム
中天ノ雲底ニ戯レ　上地月前ニ嬉《タノシ》マム
安楽ノ国ニハ懣《イキドホリ》無ク　烟喜《コンキ》ノ郷《サト》ニハ嫠《ヨロコビ》有リ
十万界ヲ経行シ　一円機ヲ聴説セム
池鳥ハ三宝ヲ囀リ　浮沈往来シテ飛ブ
樹風ハ四徳ヲ唱ヘ　飄颯《ヘウサツ》動揺シテ吹ク
鸚鵡ハ金渚ニ立チ　鴛鴦ハ玉堤ニ遊ブ
塞鴻ハ翠瀾ニ翔《カケ》リ　洲鶴ハ紅漸ニ翥《ハフ》ル
翺翹《タウゲウ》トシテ猶査々《ビビ》タリ　翻飜《ホンセン》トシテ復禔々《マタシシ》タリ
聴クニ随ツテ三業潔《キヨ》ク　視ルニ就イテ六根溰《キヨ》シ
仏性ハ珪翼《タマノツバサ》ニ償《ソナ》ヘ　法音ハ瑱觜《タマノクチバシ》ニ唱フ

金湲《キンクワン》ニハ滉瀁《クワウヤウ》ヲ重ネ　玉沼ニハ清漪《イ》ヲ畳《タタ》メリ
宝樹幾タビカ網《マウ》ヲ重ネ　金蓮数々《シバシバ》糸ヲ巻ク
音声伎楽《キガク》ノ曲　緩急自然の箟《シラベ》
歌舞詠頌ノ讙《ウタ》　雅操任運タル錘《シラベ》
精調ヲ嵐ノ底ニ詠ジ　妙韻ヲ月前ニ磡《ミガ》ク
簫笛琴箜篌《セウテキキンクウコ》　其音純《モツパラ》宜々《ギギ》タリ
琵琶鐃銅鈸《ビハネウドウバツ》　彼響《カノヒビキ》悉《コトゴトク》奇々《キキ》タリ
玉笛金箏ノ賦《フ》　瑤琴瓊瑟《エウコンケイヒツ》ノ徽《コトヂ》
歓喜ノ思悠々タリ　悦預《エツヨ》ノ意《ココロ》熙々《キキ》タリ
昼夜蓮《ハチス》ノ発《ヒラ》クルヲ知リ　晨昏《シンコン》花ノ萎《シボ》ムヲ覚《サト》ル
九品《クホン》ノ蓮台《レンダイ》ヲ重ネ　三身ノ華座《ケザ》ヲ比《ナラ》ベタリ
金縄ヲ界道《カイダウ》ニ横《ヨコ》タヘ　宝網《ハウマウ》ヲ庭塒《テイシ》ニ竪《タ》テリ
楼観《ロウクワン》ハ瑪瑙《メナウ》ヲ構《カマ》ヘ　殿閣《デンカク》ニハ瑠璃《ルリ》ヲ作《ツク》ル
七宝ノ宮殿ニ遊ビ　千琪《センキ》ノ閫簃《コンイ》ニ住ス
鳳ノ甍《イラカ》ハ璡璐《ズヰロ》ヲ連ネ　鴛ノ瓦《カハラ》ハ琮琦《スキ》ヲ並ベタリ
琨《タマ》ノ櫳《タルキ》ハ金梁ニ流シ　銀《ギン》ノ礎《イシ》ハ玉榰ニ浮キタリ
仏ノ寿ハ辺際無ク　尊ノ相ハ覚知《カクチ》セズ

眼《マナコ》ハ四大海ニ同ジク　頭《カシラ》ハ五須弥《シユミ》ニ等シ
秋ノ雲ノ彩《イロドリ》ヲ聚《アツ》ムルガゴトク　暁ノ月ノ輝《カカヤキ》ヲ比ブルニ似タリ
彼尊ノ相ハ蕩々タリ　其仏ノ徳ハ巍々《ギギ》タリ
頂上ニ肉髻《ハクケイ》ノ光アリ　光中ニ化仏《ケブツ》随《シタガ》ヘリ
眉ノ間ニ白毫ノ相アリ　相ノ傍《カタハラ》ニ梵衆《ボンシユウ》囲《カコ》メリ
願クハ其土《ソノド》ニ往生シテ　羨《コ》フラクハ来意ノ旨ヲ披《ヒラ》カム
結縁ノ衆ヲ先ヅ導キテ　修行ノ者ヲ続イテ訪《トブラ》ハム
済度ノ船筏《センバツ》ニ棹《サヲ》サシテ　生死ノ海涯ヲ送ラム
慈悲《ジヒ》ノ輦輴《レンセン》ニ轄《クサビ》シテ　煩悩《ボンナウ》ノ山塁《サンルヰ》ヲ超《コ》エム
六趣《ロクシユ》ノ故郷ヲ愍《カナシ》ビ　四生ノ舊里ヲ諮《トブラ》ハム
鷲頭《ジユトウ》ノ遺跡ヲ礼《ライ》シテ　鶏足《ケイソク》ノ昔容《セキヤウ》ヲ夤《ウヤマ》ハム
白棺ニ神《タマシヒ》ヲ閉《トヅ》ル暮《ユフベ》　青蓮ニ眼《マナコ》ヲ開《ヒラ》ク期《トキ》
西方ノ尊ハ我ヲ導キテ　引接《インセフ》相違《アヒタガ》ハザラム
中道ノ教ハ我ヲ憐ミテ　慈哀《ジアイ》背跂《ソムキカハ》ルコトナシ
凡《スベテ》　仏乗《ブツジヨウ》ヲ讃《タタ》ヘンガタメニ　筆《フデ》ヲ秉《ト》リテ斯《コノ》詩ヲ作ル

一読して、詩もまた序のくりかえしであることが知られる。「予」と称する人物、すなわち仏道に深く帰依している人物が、道中で、今は老いさらばえた哀れな老婆と会う。そこで老婆の身の上を問うと、昔はまことに絶世の美女、多くの貴紳の求婚を斥けて帝の寵を得んことを願い、可能な限りの贅を尽くした生活をしていたが、そのうち両親をはじめ近親者相次いで世を去り、次第に貧しくみじめな生活におちこんでゆく。その貧しさとみじめさのなか、一人の猟師と結ばれ男子を生んだが、そのためにますます衰え、ますます醜くなっていった。男のため、子のために尽くすのだが、その醜さもあって男の心は冷たい。また毎日毎日の殺生肉食も性に合わない。悲しみの底に沈み、哀れさの極に泣くが、どうしようもない。この状態を超脱するには、仏の力にすがるよりほかはないというのである。

ところで、この序と詩、御覧のようにはなはだしく中国的である。主人公の女性が贅をつくしたとして述べられている料理の列挙も(三六〜三七頁参照)、まさしく中国的な食物ばかりで日本料理のそれではない。作者は、おそらく何かの文献に従って、中国において古来珍味とされているものを列挙したのではあろうが、その文献が何であるかはわからない。序の終りの方に、「且ハ楽天秦中吟ノ詩ヲ学ビ、且ハ幸地嚕上詠ノ賦ニ效《ナラ》ヒ」とあるが、白楽天の「秦中吟十首」のどれにもそんなに似ているわけでもない。「秦中吟」は楽天が長安に行っている時の詩、昔、秦の都があったから「秦中」とよんだのであろうが、「聞見ノ間、悲シミ足ルモノ有リ。因ツテ直チニ其事ヲ歌ヒテ……」とある姿勢が「壮衰書」の路傍デ会った女の悲しみをよんだという属目偶感の表現に共通しているだけである。次の「幸地嚕上詠ノ賦」も誰の何の賦かわからぬ。というよりも、「楽天」に対する「幸地」、「秦中」に対する「嚕上」で、はたしてそのようなものがあったのかどうかということさえ疑われるほどであって、典拠になった先行作品を指摘することは出来ないのである。

八　玉造小町と小野小町

さて、「玉造小町子壮衰書一首幷ビニ序」と題にあるが、「玉造小町」なり「小町」の名があらわれるのはこの題名だけで、序や詩の中にはまったく見られないことをまず注意しておこう。またここにいう「玉造」とは何なのか。その解答の第一は氏の名とする考え方である。すなわち、清輔の「袋草紙」に、

小野小町　壮衰ノ形《サマ》、伝ニアルガ如シトイヘリ。其ノ姓玉造氏也。小野ハ若《モシ》住所ノ名カ。

と言って、小野小町は小野に住む小町の意味で姓は玉造氏だといっているのがそれである。それに対して第二の考え方は、反対に玉造を所の名と見る考え方である。後にも詳述する予定だが、長明の「無名抄」を見ると、在原業平が奥州にいたり、「やそしま」という所で旅宿した時、野の中に歌の上句を詠ずる声あり。そのことばにいはく

秋風の吹くにつけてもあなめあなめ

という。あやしくおぼえて、声をたづねつつこれを求むるに、さらに人なし。只死人の頭《かしら》一つあり。あくる朝、なほこれを見るに、かのどくろの目の穴より薄なん一本生ひ出でたりける。その薄の風になびく音のかく聞えければ、あやしくおぼえて、あたりの人にこの事を問ふ。あ

る人語りていはく、「小野小町この国にいたりてこの所にて命終りにけり。すなはち、かの頭これなり」といふ。ここに業平、あはれに悲しくおぼえければ、涙を抑へて下句つけけり。

　小野とはいはじ薄生ひけり

とぞつけたる。その野をば玉造の小野とはいひける。

という話を「或人」の語ったこととして記している。つまり小野小町の死んだ所を玉造という土地だとするのである。

ところで、「袋草紙」の説にせよ、「無名抄」の説にせよ、「玉造小町子壮衰書」の主人公すなわち玉造小町を小野小町と同一人としていることに注目したい。

じっさい、平安後期から中世においては、この「玉造小町子壮衰書」を小野小町の事蹟と見るのが普通であった。まず「宝物集」の文章を鎌倉末期書写の本能寺本（古典文庫第八三冊所収）によってあげると、

小野小町が老いおとろへて貧窮に成りたりしありさま、弘法大師の玉造といふ文に書き給へることとあはれにかなしく侍るめれ。きる物なくして、みのをふすまとたのみ、しける物なくて、藁《わら》ごもをもてたゝみとせり。身づから野辺のわらびをつみて、あじかに入てひぢにかけたり。昔、色をこのみ、人にあいせられし事を思ひ出して、涙の雨をふらさずといふ事なし。

　色見えでうつろふ物は世の中の人の心の花にぞありける

これ、若年の時所詠之歌也。

とあって、「色見えでうつろふものは」という有名な歌の作者である小野小町の衰老のさまを述べたものが、弘法大師作の「玉造」であったという認識なのである。

次に「平家物語」巻九「小宰相身投」の章に、

中頃、小野小町とて、みめかたち世にすぐれ、なさけの道ありがたかりしかば、見る人、聞く者、肝魂を痛ましめずといふ事なし。されど心強き名をやとりたりけむ、はてには人の思ひのつもりとて、風をふせぐたよりもなく、雨をもらさぬわざもなし、宿に曇らぬ月星を涙に浮かべ、野辺の若菜・沢の根芹《ねぜり》を摘みてこそ、露の命を過ぐしけれ。

とある。後半はまさしく「玉造小町子壮衰書」の趣きである。ここでも玉造小町と小野小町が同一人としてとらえられていたことが知られるのである。

次に「十訓抄」第二「憍慢ヲ離ルベキ事」の文章と、直接それを引用したかと思われる「古今著聞集」巻第五の「小野小町が壮衰の事」を見よう。ここでもまた玉造小町と小野小町がまったく同一人物としてとらえられており、しかも「玉造小町子壮衰書」の、特に序の部分がかなり引用されているのである。

小野小町が若くて色を好みし時、もてなしありさまたぐひなかりけり。「壮衰記」といふものには、三皇五帝の妃も、漢王・周公の妻も、いまだこのおごりをなさずと書きためり。かかりければ、衣には錦繍のたぐひをかさね、食《じき》には海陸の珍をととのへ、身には蘭麝を薫《くん》じ、口には和歌を詠じて、よろづの男をば、いやしくのみ思ひくだし、女御・后に心をかけたりし程に、十七にて母をうしなひ、十九にて父におくれ、廿一にて兄に別れ、廿三にて弟をさきだてしかば、単孤無頼のひとり人になりて、たのむかたなかりき。いみじき栄《さかえ》、日々におとろへ、花やかなりしかたち、年々にすたれつつ、心かけたるたぐひもうとくのみありしかば、家は破れて月のひかりむなしく澄み、庭はあれて蓬のみいたづらにしげし。かくまでなりにければ、文屋康秀が三河の掾にてくだりけるに、いざなはれて、

わびぬれば身をうきくさの根をたえてさそふ水あらばいなむとぞ思ふ

などよみて、次第におちぶれてゆくほどに、はては野山にぞさすらへける。懐旧の心のうちには悔しきこと多かりけむかし。

はじめの方に「壮衰記といふものには……」とあるが、その部分に限らず「玉造小町子壮衰書」の序の部分に依拠して文章を作っていることは疑いない。

「徒然草」一七三段に、この「玉造小町子壮衰書」のことが見えるのも、よく知られているところである。

小野小町が事、きはめて定かならず。衰へたるさまは「玉造」といふ文に見えたり。この文、清行が書けりといふ説あれど、高野大師の御作の目録に入れり。大師は承和のはじめにかくれたまへり。小町がさかりなること、その後の事にや。なほおぼつかなし。

ここで問題になっているのは、「玉造小町子壮衰書」が弘法大師の作だとすると、小町と時代が合わないということであって、小野小町と玉造小町が同一人であることについてはまったく疑って

いないのである。

「宝物集」や「徒然草」に見られた「壮衰書」の弘法大師筆作説に関連して、どうしてもあげなければならぬのは、先にもふれた（一〇頁参照）鎌倉時代の代表的な伊勢物語注釈書「冷泉家流伊勢物語抄」である。その六二段を見ると、小野小町は、はじめ業平と夫婦になって常盤の里に住んでいたが、大江惟章の甘言に従って鎮西に下向、しかし惟章の死にあって、仁明天皇の皇子基蔭親王に使われて住吉に移り住んだ。そんなある時、偶然に業平と再会し我が身の零落を恥じて姿を消したが、やはり女の身の悲しさ、井出寺の別当の妻となり山科に住むようになったと、冷泉家流の「伊勢物語」の解釈を示してから、問答体をとって、質疑をくりかえす。

問、大師の「玉造」を見るに、小町衰弊の後、相坂の辺に住みけるを、大師御覧じて、その姿をあそばされたりと見えたり。ここには井出寺の別当の妻となりて衰弊の所は見えず。相違如何。

答へて云、家の旧記、小町関寺に住める事見えず。六十九にて、かの井出寺にて卒したりといへり。されば、大師只小町が好色にすすみたりしかば、かかるいみじき者もおとろへはつる事ありといふ事を人に知らせむとて、小町に寄せて大師書かれたり（後略）。

問、大師は承和二年の御入滅、業平は承和十四年に元服、生年十六なり。小町三十、業平二十五にて夫婦となること、家の習なり。しからば承和二年の時は小町九歳なり。されば小町衰弊のさま、大師御作は不審なり。

答云、或記には、「玉造」は仁海僧正の作なり。大師御作にあらずと云へり。不審に及ばず。また真言の家に大師の御作多し。それに「現在の記」「未来の記」とてあり。大師は権者《ごんじゃ》にて未来のことをかねてしるしたまへること多し。今、この「玉造」は「未来記」の目録に入るか。

とある。

「冷泉家流伊勢物語抄」は、みずからの説を述べた後、弘法大師作の「玉造小町子壮衰書」との相違について一言しているのであるが、注意すべきは、大師が小町に会ったのは、逢坂の関あたりであったとしていること、小町と弘法大師の年齢計算から「玉造小町子壮衰書」の弘法大師筆作説に疑問を出し、仁海僧正作という別説を示しながらも、結局は、弘法大師は未来をも予見出来る権者《ごんじゃ》であるゆえに、小町の運命をもあらかじめ予見してこれを書いておいたのだという、とてつもない結論に終ってしまっていることである。

「冷泉家流伊勢物語抄」の結論は確かに極端である。しかし、清輔の「袋草紙」が前述のごとく小野小町と玉造小町を同人なりと断じたのち（五〇頁参照）付記のような形で、

但シ、或人云、件《クダン》ノ伝ハ弘法大師作レル所ト云、小町ハ貞観之頃ノ人也。彼ノ壮衰ハ他人歟。

と別人説をおそるおそる出しているのも、この「壮衰書」弘法大師著作説を前提としたものであることを思うと、「徒然草」のいう清行作者説（五三頁参照。なお「古今集」で小町と贈答している安倍清行をあてる説と宇多朝の代表的漢学者三善清行をあてる説とがある）にせよ、「冷泉家流伊勢物語抄」のいう仁海僧正作者説にせよ、弘法大師では小野小町の衰老を描くのに時代的にふさわしく

ないという考え方から生じた、いわば苦肉の一説に過ぎないと考えられるのである。

「玉造小町子壮衰書」の弘法大師著作者は、このようにまことに重大な伝承であり、現代の我々もまったく介入出来ない感じである。だが、著作者は不明でも、せめて成立年代ぐらいは考えておかなければ、安心して引用も出来ない。私は結論的にいって、平安中期だと思うのだが、実は大した理由もない。いわば臆測に近いものである。川口久雄氏は、その著『平安朝日本漢文学史の研究』において、この「玉造小町子壮衰書」をとりあげ、もし「大胆な推察が許されるならば」と前置きしながら、延喜(九〇一〜　)——すくなくとも十世紀頃の唱導師あたりの作であって、語られ、あるいは歌われたものであっただろうと述べていられる。語られ歌われていたかどうかは別として、「宝物集」の編者である平康頼のような碩学が弘法大師の作かといっているのだから、それに近い時代の成立に違いあるまい。少なくとも平安中期までに出来あがっていたと考えるべきであろう。源信の「往生要集」の影響が見られるという説もあるから(「往生要集」の直接影響か否かは別として浄土教的色彩が強いことは一読して明らかである)、十一世紀に入るかも知れないが、いかにおそく見ても、十一世紀前半までの成立と見るべきではなかろうかと思うのである。

九　小町数人説をめぐって

陽明文庫に中世の小町の絵がある。絹本着色、縦六一・六センチ、横四一・七センチの絵を表装してあるのだが、軸心近くの裏面に「小野小町像　貞治六季六月廿五日」と、まさしくその頃

陽明文庫蔵小野小町像

の筆跡にて記されたものが付加されている。表装そのものもそんなに新しいものでないが、表装するにあたって、この絵に本来ついていた紙をここに付加したものであろうことは、その字がまさしく貞治頃（一三六二～一三六七）の筆跡であることが疑いもないからである。

ところで、この絵は「小野小町像」となっているが、まさしく「玉造小町子壮衰書」によっている。「容貌ハ顦顇《セイスイ》シテ、身体ハ疲痩」、「頭ハ霜フリタル蓬ノ如ク、膚《ハダヘ》ハ凍リタル梨ニモ似タリ」、「骨ハ棘《ソバタ》チテ筋ハ抗《タカ》クナリ、面《オモテ》ハ黒クシテ歯ハ黄バミタリ」、「裸形《ハダカ》ニシテ衣ナク、徒跣《ハダシ》ニシテ履《ハキモノ》ナシ」、「左臂《ヒダリノヒヂ》ニハ破レタル筺《アジカ》ヲ懸《カ》ケ、右手《ミギノテ》ニハ壊レタル笠ヲ提《モ》ツ」、「頸ニハ一ツノ嚢《ツツミ》ヲ係《カ》ケ、背ニハ一ツノ袋ヲ負ヘリ」、「肩ノ破レタル衣ハ胸ニ懸《カ》カリ、頸《クビ》ノ壊レタル蓑ハ腰に纏《マト》ヘリ」とある「壮衰書」の序文そのものである。ここでもまた小野小町と玉造小町を同人物とする中世の理解が確認されるのである。

版本「小町草紙」 陽明文庫の小町像と似た姿であるのに注意

先にあげた「無名抄」の文（五〇頁参照）の続きに「玉造の小町と小野小町と同人かあらぬ者かと、人々おぼつかなきことに申して争ひはべりし時……」とあって別人説もあったことは確かだが、その多くは前述の「玉造小町子壮衰書」の弘法大師著作説を土台にしての疑問であり、中世の大勢は、あくまで両者を同じものと見、「玉造小町子壮衰書」を小野小町の事蹟を語るものと見ていたことは疑いもないのである。

近世に入っても、この傾向は変わらなかった。貞徳の「徒然草慰草」などその顕著な例だが、中期以後の随筆の類を見ても、たとえば天野信景の「塩尻」(『随筆大成』等)、志賀忍(天保十一年、七九歳没)の「理斉随筆」などは、小野小町と玉造小町を同一人と考えている。

ところが、小町という名は、実は普通名詞であって、〇〇小町と呼ばれる女性はまことに数多くいたのだ、玉造小町と小野小町もとうぜん別人だという、いわば画期的な説が新井白雅の「牛馬問」(『温知叢書』)に提示され、人々を驚かせたのである。

古代には一国より一人づつ采女《うぬめ》を内裏へ献ぜしこと也。既に仁明帝の前後には、小町とて召されたるもの六十余人ありしとなり。この采女を后町のうちにをらしめたまふ。故にみなみな小町と呼ばれたるなり。その人々の宮仕へをやめて古郷に帰り身まかりたる墓を、おほかた小町塚とよびしとなん。さてこそ、国々に小町塚といふもの多し。美濃・尾張の間にさへ二三所あり。

しかるを、なべての小町を一人と思ふよりまぎれたる説多し。たとへば実方朝臣、陸奥へ下向の時、髑髏の目穴より薄の生ひ出て、「秋風の吹くにつけてもあなめ〳〵」の歌の小町は小野正澄が娘の小野小町なり。文屋康秀が三河掾となりて下りし時、「身をうき草の根をたえてさそふ水あらば」とよみしは高雄国分が娘の小町なり。「おもひつつぬればや人の見えつらむ」の歌、又業平の「舞の袖」などいひしは出羽郡司小町良実が娘なり。高野大師のあひたまふ、壮なる時憍慢最も甚だし、衰ふる日愁歎猶深しと答へしは常陸の国玉造義景が娘の小町なり。かく一人ならず。故に時代其外異なる事あるのみ。中にも良実が娘の小町は美人にて和歌にもすぐれたれば、独り名高く、すべて一人のやうに伝へ来たるのみ。

まず、小町を采女《うぬめ》とし、采女のすべてに「町」をつけてよんだといっているが、平安時代の文献にあらわれる采女は、たとえば「近江の采女」（拾遺集）「明日香の采女」（大和物語）などのごとく国名を冠して呼ぶのが普通である上に、文献にあらわれる「町」のつく女性は前述のように后町にいる更衣であって采女ではない。小町采女説自体が出羽郡司良実の娘という伝承をもとにして出来たものであり、出羽国から采女をさしだすことはなかった（『続日本紀』「類聚三代格」）という事実を持ち出すまでもなく、この白雅の説には従えないのである。地方に数多い小町塚の合理的説明としても弱いものである。

ところで、この白雅の説、後半になると、その多数の小町が四人にしぼられて来る。架空の人物である小野正澄とか高雄国分とか玉造義景などの名をどこから持ち出して来たのか不明だが、既に伝説化説話化している小町像のすべてを事実と認定する立場からの合理的整理であって、まったく意味をなさぬものとしか言いようはないのである。

伝承を整理しながら、また新しい伝承を生んでいる感じの「牛馬問」の説であるが、その合理的整理法に人気があったのか。それに賛同して引用している随筆が実ははなはだ多いのである。神沢貞幹の「翁草」（『随筆大成』第三期所収）、城戸千楯の「紙魚室《しみのや》雑記」（『随筆大成』第一期所収）、石川宣続の「卯花園漫録」（『新燕石十種』第三所収）、山本信有の「孝経楼漫筆」（『随筆大成』第三期所収）、滝沢馬琴・屋代弘賢らの「兎園小説」（『百家説林』所収）など、いずれもこれに全面的な賛同を示しているのである。

小町に限らず、伝説的人物は、その伝説化の過程において、事蹟が膨脹し、それを全体的に把握するとなると、そこに新しい矛盾が出てくることが多い。これを矛盾なく合理的に統一しようとすると、いわば原生動物の体のように多方面に膨脹したものを分割するほかはなくなる。

たとえば柿本人麿の場合にしても、「万葉集」の記述を信ずるかぎり人麿は持統朝から文武朝にかけて活躍した歌人であるとするほかはない。だが一方、「万葉集」が引用する「柿本人麿歌集」にはそれよりもかなり後の歌もある。「人麿歌集」に後代の歌が入っているというのは今日の学者の常識だが、人麿歌集なのだからすべてが人麿の歌だという立場に立てば、「万葉集」の人麿にして、既に最低二人いたことになる。次に「古今集」の仮名序を見ると、「おほきみつの位（正三位）柿本人麿」を「ならの御時」の歌人としている。現在では、これを「奈良時代」と解し、しかも人麿が活躍した飛鳥時代は奈良時代に接していたからこのように書いたと説明している。だが、この説明は無理である。奈良時代に接しているからという論法自体コジツケであるが、「御時」をそこに都があった「時代」と解するのはどうか。平安時代において「御時」とは天皇の治世、すなわち御宇のことであり、「ならの御時」は平城《なら》の帝の御時の意にほかならないからである。事実、この仮名序に対応する真名序（漢文の序）には「平城天子」とはっきり書かれている。「古今集」より五十年ほど後に出来た「大和物語」にも人麿が平城天皇に仕えていたとある。平城天皇は平安時代第二の天皇だから「万葉集」の人麿とは違う。これ第三の人麿ということになる。ところで、「古今集」から百年ほど後の第三の勅撰歌集「拾遺集」を見ると、人麿が渡唐してよんだという歌が二首見える。これ、第四の人麿である。

人麿を一人ではなく四人とすると、その間の矛盾はなくなる。しかし矛盾がなくなったところでどうなるというのだ。私が問題にしたいのはそんなことではない。実在の人麿が、その死後、奈良時代・平安時代にどのように伝説化されていったか、別のことばで言えば、後の人々の心の中に人麿がどのように生き続けて来たか、私はそれを問題にしたいのである。

小町の場合も同じである。江戸時代の学者のように小町を四人にしたり、現代の民俗学系の国文学者のように、小町と称する女が無数にいたとか、小町を名のる遊行婦女《うかれめ》・あるき巫女《みこ》・歌比丘尼《うたびくに》のたぐいが諸国をめぐり歩いていたと言い切ることによって事足れりとし、文献に残った小町の文学と伝承について深く考えようともしないのは学問の堕落、ある意味では頽廃という評語が適切でさえある。仮に彼らの言うようなことがあったとしても、せいぜい中世の後期のことであり、「小野小町の歴史」は既に平安時代中期以前から始まり、中世・近世と続いていたのである。小町が、その死後も、後代の人々の心の中にどのように生き続け、どのように変容していったか、あるいはまた、時を経て変容しながらその底に変らずに生き続けてゆく、いわゆる小町的なもの、それはいったい何かということの追跡にこそ、私は意味を認めたいのである。世に虚と言い実と言う。しかし、このように見れば、人々の心の中に生き続けていたものはすべてが実だと言うほかはないのである。

以下の章において次第に明らかにしてゆくことであるが、小野小町の説話化は、彼女の死後間もない頃から既に始まっていたのである。そして十世紀の末頃には、我々が知っている小町説話、たとえば(1)雨乞説話　(2)好色説話　(3)男性を拒否する驕慢説話　(4)衰老説話　等、そのおおむねが既に出来あがっていたはずである。だから、そのような流れの中に「玉造小町子壮衰書」を置くならば、「小町老いて後《のち》、おとろへさらぼひたりなど云ふめるは、玉造小町の事なるを混じていへるなり」（本居内遠「小野小町の考」）というような見方が必ずしもあたらぬことを知るのである。小町衰老落魄の説話が「壮衰書」の影響で出来上がったというよりも、既に世に行なわれていた小町落魄説話の仏教的結実として壮衰書を考えるべきではないか。「玉造」の由来を明らかに出来ぬことは残念であるが、ともかくも「小町」と表題にあるだけで人々が説明を求めないような人物の伝でなければならないこと、しかもそれが「花ノ時ヲ待チテハ玉筆ヲ秉《ト》リテ紅桜紫藤ノ和歌ヲ詠ズル」美女の伝でなければならないことなどを併せ考えれば、平安末期から中世にかけての人々の大勢的理解がそうであったように、これをも小野小町のこととするのが、最も素直な、そして最も妥当な理解だと思うのだが、いかがであろうか。

II 「小町集」の生成

一　平安時代の小町説話を求めて

平安中期、すくなくとも十一世紀の前半までに成立したと考えられる「玉造小町子壮衰書」以前に、すでに小野小町は説話上の人物になっていた。中世に見られるような小町説話のおおむねは既にその頃までに作られていたと私は言い切ったのであるが、これは、まことに勇気の要《い》る発言であった。作家や評論家ならともかく、学者である限り、何らかの形で、これを論証しなければならないからである。

しかし、怖れることは何もない。その気になって見れば、証拠となるものが処々にころがっているのである。

　大荒木の森の下草老いぬれば駒もすさめず刈る人もなし

大荒木の森の下草は老いて固くなったので、馬も好んで食わないし、刈る人もないというこの歌は、「古今集」雑上・八九二に見える「題しらず　よみ人しらず」の歌である。ところが「古今和歌六帖」を見ると、第二帖「森」の項の冒頭に、この歌が「小野小町」という作者名を付して出ている。「古今和歌六帖」が成立した九七五年頃、この歌は、年老いて男たちからかえりみられなくなった小町の歌として伝承されていたことが知られるのである。

「古今和歌六帖」の例をあげたが、それよりも、もっとはっきりしているのは、「小町集」である。「小町集」の成立年代は後に詳述するように、平安中期、おそらくは十世紀末であろうが、その「小町集」に、まさしく小町説話が反映しているのである。

色も香もなつかしきかな蛙《かはづ》なく井手のわたりの山吹の花　（流布本六二・異本40）

とあるが、これは山城の井手、今のＪＲ奈良線の玉水《たまみづ》のあたりに小町が住んでいたという「冷泉家流伊勢物語抄」や「毘沙門堂本古今集注」などの鎌倉時代の「伊勢物語」や「古今集」の古注釈が引用する伝承とおそらく関係があろう。また、

紅葉せぬ常盤の山は吹く風の音にや秋を聞きわたるらむ　（流布本一〇〇・異本ナシ）

も、小町が業平と夫婦になって常盤の里に住んでいたという、数多くの中世の「伊勢」「古今」の古注釈が引用する伝えと、同じく関係があろうと思われるのである。

住んでいる所に関連して言えば、謡曲の「関寺小町」やお伽草紙の「小町草紙」によって、小町が逢坂の関あたりに住んでいたという伝承が中世にあったことが知られるが、これも「小町集」の次の歌と関係がありそうである。

四の親王《みこ》のうせたまへるつとめて、風吹くに
今朝よりは悲しの宮の山風やまたあふ坂もあらじと思へば　（流布本五六・異本25）

「四の親王《みこ》」を、朝日新聞社の日本古典全書『小野小町集』は仁明天皇第四皇子康仁親王とするが該当する人物を知らない。これは仁明天皇皇子人康親王とするのが正しい。道康親王（文徳天皇）・宗康親王・時康親王（光孝天皇）に次いで第四皇子、四の宮である。「三代実録」によれば、貞観元年（八五九）五月七日出家、同じく十四年（八七二）五月五日に薨じたとあり、「一代要記」

によれば、山科《やましな》の宮と呼ばれたとあって、まさしくこの人であることを知る。今でも京阪電車京津線の山科駅の一つ北の「四《し》の宮《みや》駅」の北側にその遺跡が残っている。

さて、この歌であるが、「悲しの宮」が「四の宮」を、「あふ坂」が「逢ふ」を掛けていることは言うまでもない。小町自身、この近辺、つまり逢坂に住んでいると、十分に見られる歌である。小町の逢坂居住説の淵源になったとも考えられる歌である。

「忘れやしにし」と、ある公達《きんだち》ののたまへるに

みちのくの玉造江に漕ぐ舟のほにこそいでね君をこふれど　（流布本三七・異本ナシ）

「忘れやしにし」と問いかけた公達の言葉から見れば、驕慢な女だとも見られよう。しかし、小町（実在の小町という意味ではない。「小町集」の和歌の作者という意味である。以下、冗長になるのでこの説明をくりかえすことはしないが、その意味で読んでいただきたい）は意外に控え目、あなたをお慕いしておりましたけれど、それを表に表さなかっただけですよと言っているのである。

なお、この歌、「新勅撰集」恋一には、

題しらず　小町

みなと入りの玉造江にこぐ舟の音こそたてね君をこふれど

としてとられている。定家が撰集にあたってこれほどまでに詞章を改変することはまず考えられないから、「新勅撰集」の編纂に用いられた「小町集」は、今の流布本とかなり異なっていたということになろう。これにいう「みなと入りの」という初句は、「万葉集」巻十二・二七四五の（拾

遺集八五三にも)、

　みなと入りの葦分け小舟《をぶね》さはり多み我が思ふ君にあはぬ頃かも

や、同じく二九九八の

　みなと入りの葦分け小舟《をぶね》さはり多み今来《こ》む我をよどむと思ふな

などと同じく葦の名所である難波江に葦を分けて入って来る様《さま》を思わせる。「玉造江」を大阪の玉造(JR大阪環状線に玉造という駅がある)の海とした吉田東伍の『大日本地名辞書』に感心するのである。そのあたり、今でも隣接する上町台地《うえまちだいち》に比べて一〇メートル以上も低い。昔は海が迫り、一面に葦が生えていたのであろう。

難波《なにわ》の玉造江が、本来の形でおそらくあったのだろうが、次第に陸奥に変ってゆく過程に、小野小町陸奥関係説話がかかわっているのではないかと思うのである。

二　小町の雨乞い説話

以上によって、いわゆる小町説話が、中世からではなく、既に平安朝中期から、ある程度の形をなしていたとする可能性ぐらいは認めていただけたかと思うが、さらにその点をはっきりさせるために、最も説話らしい説話である雨乞い説話について、まず具体的に見てゆこう。

歌舞伎十八番の一つ「毛抜《けぬき》」で、勅使桜町中将清房が小野春道・春風父子のもとにおもむいた所、清房「このたび天下旱魃《かんばつ》について、万民《ばんみん》の苦しみ君にもなげかはしく思し召し、小野春道の重宝、小野小町雨乞の名歌『ことわりや……』の短冊は、すなはち小町直筆、先年雨乞ひのせつ、神泉苑池に浮かめたる所に、小町が名歌に天も納受あってたちまち車軸《しやぢく》の雨を降らし、四海太平に納まる。其の古例にまかせ、『ことわりや……』の短冊を神泉苑池《ち》に浮かめ、雨乞ひをなさば、雨の降らむこと、まのあたり。いそいで其の短冊を禁廷へ差しあげられよとの勅《ちよく》諚《ぢやう》でござるぞ」。春道「是は有難い勅《みことのり》に預《あづか》り奉《たてまつ》りましてござりまする。小野小町の、私《わたくし》方《かた》は三代。君の高恩あつくして、家名繁栄いたしまする所に、先例にまかせ、『ことわりや……』の短冊をもって雨乞ひをなされんとは、末代までも小町がほまれ、末流の我々が身にとり、有がたう存じ奉《たてまつ》りまする。春風、いそいで宝蔵の短冊持参つかまつって、勅使の御覧に入れてよかろう」。

とある。実はこの短冊が紛失しているところから事件が始まるのであるが、とにかく天下旱魃、万民が苦しんでいる時、おそらく有名な貴僧高僧の祈願が神泉苑で行われていたのであろうが、ききめなく、どうしようもない時、小町の「ことわりや……」の短冊を池に浮べると、その和歌の力によって、車軸のごとき雨が降ったといっているのである。

いっぽう、狂言の「業平餅」において、業平が餅屋の亭主に対して餅の由来を述べるところにも、同じ話が出てくる。

一年《ひととせ》、天下に旱魃して、雨一滴も降らず。民百姓は耕作の種を失ひ、歎き悲しめり。帝《みかど》聞こし召され、公卿に勅《みことのり》して貴僧高僧に仰せて、御祈禱あれども、その験《しるし》さらになし。ここに小《を》野良真《のよしざね》が娘に小野の小町とて世に隠れなき歌人を召され、雨乞ひの歌をせよとの勅《みことのり》を蒙り、神泉苑の池のほとりへ立ち越え、「ことわりや　日《ひ》の本《もと》なれば照りもせめ　さりとてはまた天《あめ》が下かは」と、かやうに詠ぜし和歌の徳にや、たちまち雨降り、五穀成就し、民安全にしてめでたければ、小町へ餅を下し給ふ。されば、餅をかちんというも、このことばなり。なんぼう、餅は威徳の備《そなは》り物にてあるぞとよ。

「かちん」というのは、今でも関西地方では餅のことを言い、「かちんそば」は餅を入れたそばのことであるが、早く「日葡辞書」にも出ている語である。ここでは、歌をよんだ賞として餅が帝から小町へつかわされたので「歌賃《かちん》」というようになったのだとおもしろく言っているのであるが、問題は、小町が「ことわりや　日の本ならば照りもせめ　さりとてはまた天《あめ》が下かは」という歌をよんだという伝えである。

「業平餅」という狂言は、大蔵流の虎明本・虎寛本、和泉流の天理図書館本「狂言六義」・古典文庫本「和泉流狂言集」さらには「天正本狂言集」、万治三年刊「狂言記」などになく、そんなに古い作だとは考えられない。早くても、江戸時代の初期の作ではあるまいか。

ところで、本居宣長は、この歌について、

小町ノ「コトワリヤ日ノ本ナラバテリモセメサリトテモ又アメガ下トハ」コレ全ク実情ナルニアラズ。雨《アメ》と天《アメ》トヒトツ也ト心得ルホドノ小児ニテハナケレド、天ガ下ヲ雨ガ下ト心得タルヤウニヨメル。ココガ偽リニシテ、シカモ此歌ノ趣向也。歌ニ感ジテ雨フレリ。

（あしわけをぶね）

と趣向をほめ、雨もそれに感じて降ったことを当然としている。つまり、宣長はこれを小町の歌として扱っているわけだが、江戸後期の人達が言っているように、これは小町の歌ではない。尾崎雅嘉の「百人一首一夕語《ひやくにんいつしゆひとよがたり》」には、

　また小町が雨乞ひの歌とて、

　　ことわりや日のもとならば照りもせめさりとてはまたあめが下とは

といふ、てにをはも合はざる拙き歌を世にいひ伝へたり。これは慶長の頃或者の詠みたる狂歌の由、雄長老《ゆうちやうらう》の狂歌百首といふものの附録に見えたり。まことの小町の雨乞ひの歌といふは、小町の家の集に、

　　あめにます神もみまさば立ち騒ぎあまのとがはのひぐちあけたまへ

といふ歌なり。これに混じて右の狂歌を、小町の歌といひ伝へたるものなるべし。

と述べているが、柳亭種彦は、これを一歩進めて、

天の川苗代水に云々の歌は家集にも見えて、たれも〲知ることなり。さて、今の俗に小町の雨乞の歌といひつたふるは、さまで古き草子に見えず。「新撰狂歌集」下の巻、

　ひでりの年、さる人のよめる

　　ことわりや日のもとなればてりもしつさりとては又あめのしたとは

柳亭曰、今の俗は「ならばてりもせよ」といへり。雄長老元和年間の撰なり。同書に、「善光寺如来東山へうつされ云々、京童ども粟田口にて」と書きて歌あり、その歌を「寒川入道筆記」（慶長十八年著）にて載せ雄長老の詠とす。されば「京童」としるし、「さる人」とかけるも実は撰者の歌にて……

（『柳亭筆記』上）

と言って江戸時代初期の狂歌師雄長老の作だとしている。「京童ども……」という文脈と「さる人」とはかなりニュアンスが違って、雄長老作と断ずるには論拠が弱いが、この「ことわりや」の歌が、小町作として古い文献に見えていないことだけは確かである。武田信英の「草廬漫筆」（『随筆大成』第二期）にも、同様に、

世に小野小町雨乞の歌とて、ことわりや日の本と云々。此《こ》れ後人の作意に出でて本歌の体にあらず。平俗の理屈といふものなり。雨乞の歌、小町家集に見えたり。

千早振神もいまさば立ちさわぎ天の戸川のひぐちあけたまへ

これぞ小町歌の体なるべきをや。

としるしたうえ、頭注のような形で、

弘賢曰、「ことわりや」といふうたは、誰やらの小町の絵の賛にかきし狂歌なり。又云「狂歌集」と記せしふるし板本にありといへり。又云、謡にも有るべし。

としるして、屋代弘賢の説を紹介している。そのほか、安永三年成立の入江昌喜の「幽遠随筆」、天保八年に世を去った日尾荊山の「燕居雑話」など、江戸時代後期の随筆には同趣のことがくり

かえし述べられている。本居宣長大先生でさえ気がつかなかったことを問題にしているのだから、張り切るのが当然かも知れないが、鬼の首でも取ったような感じである。

さて、「ことわりや日の本ならば照りもせめさりとてはまたあめがしたとは」わが国は日の本《ひのもと》などと称するからには日照りが続くのは当然でございます。うちみもしなければ怒りもいたしません。しかし、一方、この世の中のことを天下《あめがした》(雨が下)とも申すではありませんか、そう考えれば、少しぐらい降らせてくださってもよいという気持もいたしますと機智をもって婉曲に雨を乞うたわけであって、後人が作ったことは確かながら、いかにも小町らしく作ってあるという見方も成り立つ。

それに対して、江戸後期の人達が、これこそ小町真作の雨乞いの歌と持ちあげる「ちはやぶる神もみまさば」の歌はどうか。「小町集」の流布本《るふぼん》である歌仙家集本では六九番にある。

日の照りはべりけるに、雨乞ひの和歌よむべき宣旨《せんじ》ありて

ちはやぶる神もみまさば立ち騒ぎ天《あま》の門川《とがは》の樋口《ひぐち》あけたまへ

「宣旨」は、天皇の命令である。ずいぶん大げさな舞台設定になっていることを知る。とうぜん天台・真言の高僧が祈願をし、神々の託宣を受け、陰陽師を活躍させたであろうが効果なく、小町に和歌を求めたのであろう。「うた」といわずに「和歌」といったところに、その大げさな雰囲気のあらわれがある。

ところで、同じ「小町集」でも異本系統に属する神宮文庫本系統の本では、六一番に、

醍醐の御時に、日照りのしければ、雨乞ひの歌よむべき宣旨にという詞書で採られている。大体同じだが、「醍醐の御時」の有無だけは注意してよい。醍醐天皇の御宇は八九七年からであるから仁明・文徳の帝の時代（八三三〜八五八）に活躍したと思われる小町の時代から五〇年ほど後である。時代が合わないから「醍醐の御時」は何かの誤りであってそれがない流布本系の方がよいと言う向きもあるが、私は反対である。流布本系は「醍醐の御時」では時代が合わないからという理由で誤りとして削除してしまったのであろう。醍醐天皇は、「力をもいれずして天地《あめつち》を動かし、目に見えぬ鬼神をもあはれとおもはせ」と序文にある「古今和歌集」を勅撰した帝である。高僧の祈りによってもどうにもならぬ旱魃の折、和歌の力こそ世を救うものと観じ、今は世を捨てて山にこもってもいたであろう小野小町を呼び出されたのであろう。既に百歳を越えていたかも知れない老いたる小町が神泉苑に立ち到り、この世に神というものがおいでなら、じっとしていないで立ち騒いで神鳴り（雷）となって、あの天の川の樋口をあけてくださいとよんだ、つまり神と感能しあって雨を降らせたというわけである。つまり事実ではなく説話と見れば、「醍醐の御時」とある方がむしろすっきりするというわけである。なお、この歌が「小大君集」に存するゆえに、小大君の歌だとする説もあるが、十世紀後半から十一世紀初めにかけて活躍したと思われる小大君では「醍醐の御時」に当然ふさわしくない。事実、この歌は後述するように、「小町集」にあったのが「小大君集」に誤って綴じられたと見るべきものなのである。

いったい、従来の学者は、「小町集」の歌はすべて小町の歌だということを前提にしていた。しかし、「小町集」は、小町の作でないことがはっきりしている歌や小町の作であるかないかはっきりせぬ歌をも多く含んでいる。しかし小町の作でないことがはっきりしている歌でも、「小町集」にあって小町の歌として伝承されていたということを忘れてはならない。「小町集」の小町は、既に実在の小町ではなく説話の主人公としての小町になっていたということにほかならないのである。

「雨乞い説話」に限らず、中世以降に広く知られるようになった小町説話のおおむねは、既に「小町集」が出来上がっていた平安時代において（それが平安時代中期、おそくても十世紀末頃であろうことは以下に述べる）、形の異なる点はあっても、基本となる流れはほとんど共通した形で形成されていたであろうと私は思うのである。

じっさい、「小町集」の生成が小町説話の形成に深くかかわっているというような見方をした人は今までにいなかった。今、「小町集」を、それこそ眼光紙背に徹する姿勢で、徹底的に分析解明して、その点を明らかにしようとしているのであるが、その前に、我々が材料にする「小町集」について、これまた、今までの誰もがなさなかったような徹底的な観察・検討を加えておきたいと思うのである。

思わずと、不遜な言い方をしてしまったが、実際、小町は、その歌とその伝説的イメージのすばらしさのゆえに、平安時代の文学を学問的に研究するプロフェッショナルな学者は逃げ腰になって真正面から論ずることを避け、いわばアマチュアの楽しい口説《くぜつ》だけが横行していたのである。もちろん、素人の自由な発言、無責任な臆測も楽しいものではある。しかし、それだけでは困ると私は思う。そこで、新しい見解を、しかも学問的な方法で提示しようと苦しんでいるのである。

三　流布本「小町集」の形態

すでに、少しふれてしまったけれども、「小町集」の本文は次の二系統に分けられる。

㈠正保版歌仙家集本系統（流布本系）

㈡神宮文庫本系統（異本系）

㈠の正保版歌仙家集本系統には西本願寺本三十六人集の「小町集」が欠落しているので補写してそえた本や陽明文庫も含まれる。群書類従本では、歌仙家集本系統四一番の「みるめあらばうらみむやはとあまとはばうかびて待たむうたかたのまも」の次に、

いつはとは時はわかねど秋の夜ぞもの思ふことのかぎりなりける

の一首をもっている。この歌を持つ方が本来の形であろう。本書ではこれを補った形で論じてゆきたい。なお、広い意味では歌仙家集本系に属するものながら、宮内庁書陵部の御所本三十六人集に属する「小町集」（五一〇・一二）は、かなりの相違があって注目される（新典社刊の影印本あり）。

それに対して、㈡の神宮文庫本系統であるが、今は失われてしまった西本願寺本三十六人集の

「小町集」も、この系統であったことが知られている。

「小町集」本文の検討にあたって、私はまず流布本系と異本系の本文を本書の一九三頁から二一二頁までに掲出した。以下、その本文に従って、「小町集」の形態を把握し、その生成の過程を明らかにしてゆこうと思うのである。

ところで、流布本系を私は第一部から第五部までに分割した。これは私が「小町集」の構成を考えてなした私的な処置である。しかし、流布本系「小町集」の形態は、一〜一〇〇までが本体、つまり本来のものであり、それに「他本歌十一首」を加え、さらに「又他本五首」を加えるという構成、つまり、本体に二度の増補を重ねて今のような形になっているということだけは、基本的認識として記憶しておいていただきたい。その認識があれば、第一部・第二部……と分けた私の分け方の必然性をも理解していただきやすいと思うからである。

ところで、まず、私のいう第一部の歌を見よう。

流布本番号	初　二句	異本番号	出　典・重　出
一	花の色はうつりにけりな	27	古今一一三小町
二	心からうきたる舟に	47	後撰七七九小町
三	空を行く月の光を	37	

四	雲はれて思ひ出づれど	38	
五	みるめ刈るあまのゆきかふ	60	（小大君集）
六	名にしおへばなほなつかしみ	56	
七	やよや待て山ほととぎす	ナシ	古今一五二　三国の町
八	結びきといひけるものを	45	
九	よそにこそみねの白雲と	8	
一〇	山里に荒れたる宿を	49	
一一	秋の月いかなる物ぞ	43	
一二	秋の夜も名のみなりけり	10	古今六三五小町
一三	ながしとも思ひぞはてぬ	11	×古今六三六躬恒
一四	うつつにはさもこそあらめ	14	古今六五六小町
一五	あまの住む里のしるべに	7	古今七二七小町
一六	思ひつつぬればや人の	19	古今五五二小町
一七	うたたねに恋しき人を	28	古今五五三小町
一八	たのまじと思はむとても	29	
一九	いとせめて恋しき時は	30	古今五五四小町
二〇	色見えでうつろふものは	35	古今七九七小町

二一	秋風にあふたのみこそ	41	古今八二二小町
二二	わたつうみのみるめは誰か	17	
二三	みるめなき我が身をうらと	6	古今六二三小町
二四	人にあはむつきのなき夜は	12	古今一〇三〇小町
二五	夢路には足もやすめず	21	古今六五八小町
二六	風間まつあましかづかば	42	
二七	我を君思ふ心の毛の末に	51	
二八	よそにても見ずはありとも	50	
二九	宵々の夢の魂	59	（小大君集）
三〇	おきのゐて身を焼くよりも	ナシ	古今一一〇四小町（小大君集）
三一	今はとて我が身しぐれに	32	古今七八二小町
三二	人を思ふ心木の葉に	ナシ	古今七八三貞樹
三三	あまの住む浦こぐ舟の	52	後撰一〇九〇小町
三四	岩の上に旅寝をすれば	54	後撰一一九五小町
三五	世をそむく苔の衣は	55	後撰一一九六遍照
三六	ひとりねのわびしきままに	ナシ	×後撰六八四読人不知
三七	みちのくの玉造江に	ナシ	

三八	わびぬれば身をうき草の	31	古今九三八小町
三九	つつめども袖にたまらぬ	3	古今五五六清行
四〇	おろかなる涙ぞ袖に	4	古今五五七小町
四一	みるめあらばうらみむやはと	39	
四二	(いつはとは時はわかねど)	ナシ	×古今一八九読人不知
四三	ひぐらしのなく山里の	ナシ	×古今二〇五読人不知
四四	百草の花のひもとく	ナシ	×古今二四六読人不知
四五	漕ぎ来ぬやあまの風間も	ナシ	

第一部の歌四十五首(四二番は歌仙家集本にないので、同系統の他本で補った)の配列を一覧出来るようにしたのだが、この部分の特徴は、何よりも、

①「古今集」「後撰集」で小野小町の作となっている歌、およびその贈答歌を中心としていることである。四十五首のうち二十四首、つまり半数以上が「古今」「後撰」の小町関係歌であって、三十二首のうち一首だけが小町の歌である第二部、二十三首のうち小町の歌が一首もない第三部などとは全く性格を異にしていることに気づくのである。

ところで、私は、小町の歌と称し、小町関係歌と称した。これは一体何を基準にしての発言かと当然疑問が出てこよう。小町自身の歿年はわからなくても、小町と贈答している安倍清行は、

「古今集」がいちおうその形を整えたと思われる延喜五年（九〇五）の五年前まで生きていたのである。勅撰集であることとあわせて、「古今集」に小町とある歌は、とにかく小町の作と信じて論を進めてゆく根拠にはなると思う。

それに対して「後撰集」の方はやはり問題である。先にも少しふれたが、「後撰集」の成立の頃の小町のイメージに既にかなり説話化されていたと思われるからである。しかし、今、このように筆を進めている私は、歴史的存在としての小町、つまり小町の実像だけを追っているのではない。「後撰集」の小町の歌が実は小町の歌でなくても（声調から見れば小町の歌とする可能性も多いと私は思うが）、いっこうに差しつかえない。既に「後撰集」の頃に、その歌が小町の歌だということになっていたという事実だけで十分なのである。

これに関連して一言ふれておかなければならぬのは、「新古今集」「新勅撰集」「続後撰集」「続古今集」「玉葉集」「続千載集」「続後拾遺集」「風雅集」「新千載集」「新拾遺集」「新後拾遺集」「新続古今集」というような鎌倉時代以後の勅撰集に小町作となっている歌の扱いである。率直に言って、従来の小町研究に共通した欠陥の一つは、これらの勅撰集に小町作とあるゆえをもって小町の実作としていたことにある。これらの中世の勅撰集は、我々が今問題にしている「小町集」にその歌が存するゆえに小町の歌と認定しているだけであって、これら中世の勅撰集に小町作となっているということを理由として、「小町集」のこれらの歌を小町の作と認定してしまうことは、まさしく本末転倒というほかのない思考法なのである。

このように見て来ると、「小町集」において小町真作かと思い得る歌の大半はこの第一部に集中していることが知られる。しかし、この第一部といえども、小町の歌、あるいはその贈答歌だけをおさめていたわけではなく、作者を誰と確認出来ぬ歌とともに、明らかに小町以外の人の歌と認定せざるを得ないものをも含んでいたのである。

五番・二九番の「小大君集」に存する歌については、それが小大君の歌でないことを後に明らかにするが、七番の三国の町の歌、一三番の躬恒の歌、三六番の読人不知の歌、四二・四三番の読人不知の歌などは、やはり問題になろう。

一三番の躬恒の歌は「古今集」において偶然小町の歌の後に並んでいたために、そのまま利用して贈答に仕立てあげたのであって、これをもって見るだけで、この第一部の「古今集」にある歌が、「小町集」→「古今集」ではなく、「古今集」→「小町集」という経由で編集されていることを知るのである。七番の三国の町、三六番の詠人不知の歌も、おらそく、「古今」「後撰」の、ある伝本か、「古今」「後撰」以外の何らかの文献に小町の歌として伝承されていたのであろう。なお、四二番から四五番の四首のうち二首は「古今集」の読人不知の歌である。後述することによって次第にわかっていただけるかと思うが、第一部・第二部・第三部は、この「小町集」全体がそうであったように、末尾の部分に異種と判断される歌をまとめて付加しているのである。

次に第二部の歌を一覧しよう。

流布本番号	初二句	異本番号	出典・重出
四六	あやめ草人にね絶ゆと	1	
四七	来ぬ人をまつとながめて	2	
四八	露の命はかなきものを	5	
四九	人知れぬわれが思ひに	13	
五〇	恋ひわびぬしばしも寝ばや	9	
五一	物をこそいはねの松も	15	
五二	木がらしの風にも散らで	18	
五三	夏の夜のわびしきことは	20	
五四	うつつにもあるだにあるを	23	
五五	春雨の沢へ降るごと	24	
五六	今朝よりはかなしの宮の	25	
五七	我身には来にけるものを	26	
五八	心にもかなはざりける	66	
五九	妻こふるさをしかのねに	34	
六〇	卯の花の咲ける垣ねに	36	

六一	秋の田の仮庵にきゐる	44	
六二	色も香もなつかしきかな	40	
六三	霞たつ野をなつかしみ	ナシ	
六四	難波江につりするあまに	46	
六五	千度《ちたび》とも知られざりけり	48	
六六	今はとて変らぬものを	53	
六七	浪の面《おも》を出《い》で入《い》る島は	57	
六八	ひさかたの空にたなびく	58	(小大君集)
六九	ちはやぶる神もみまさば	61	(小大君集)
七〇	滝の水木《こ》の下《もと》近く	62	(小大君集)
七一	かぎりなき思ひのままに	22	古今六五七小町
七二	時すぎてかれゆく小野の	ナシ	古今七九〇小町姉
七三	うきことをしのぶるあめの	ナシ	後撰一二六七小町孫
七四	ともすればあだなる風に	16	
七五	忘草我身につまむと	33	
七六	我がごとく物思ふ心	ナシ	二七番と類似
七七	みちのくは世をうき島も	67	

六八～七〇の「小大君集」に存する歌が「小町集」から「小大君集」に誤って混入したものであることは後で述べるから除外すると、この第二部の特徴として、

①四六番から七〇番までの二十五首は、「古今集」「後撰集」にまったく見えず、小野小町の歌であるとも、ないとも断定出来ぬ歌ばかりである

ことにまず気づくが、それと同時に注意しなければならぬのは、いくつかの例外を除くと、異本系の歌の配列と一致するという事実である。四六番から見ると、異本系の番号が、1 2 5と続く。13と9を逆に9 13の順になおしてみると9 13 15 18 20 23 24 25 26と続く。66は例外。以下34 36 44 40 46 48 53 57 58 61 62と続く。六三番が異本系になかったほかは異本系の順序のままに並んでいるのである。このような並び方は第一部にはまったく見られなかったものであるが、結論を言えば、

②既に存する第一部を持った人が、偶々入手した別の「小町集」（異本系に近い本）を対照し、第一部にない歌だけを、その別本の配列に従って抜き出して付加した

ということになる。異本系そのものではなく、異本系に近い本といったのは、六三番が異本系にないという事実のほかに、一、二配列の異なる例外があったからである。

七一番から七七番までは第一部の末尾の四二～四五番と同じく、性格の異なる歌を末尾に付加したものであろう。七一番は、「古今集」に小町の歌が残っていたのに気づいて付加したものであろうし、七二～七三番は小町の縁者の歌というのでこれを付したのであろう。また、七六番の「我がごとく物思ふ心毛の末にありせばまさにあひ見てましを」は二七番の「我を君思ふ心の毛の末

にありせばまさにあひ見てましを」と同じ歌であるのに、初句が異なるゆえに誤って付加してしまったもので、いずれにしてもこの部分が未だ収録していない小町の歌を一首でも多く収めようとして付加したものであることを示している。

以上に見て来たように、第一部は小町の歌と思われるものを中心に編集し、第二部は小町作とも否とも判定しがたい歌を中心にまとめあげているのであるが、第三部は、客観的に言えば、むしろ小町作でないことがはっきりしている歌を中心にまとめているのである。

流布本番号	初二句	異本番号	出典・重出
七八	須磨のあまの浦こぐ舟の	ナシ	
七九	ひとり寝《ね》の時は待たれし	ナシ	(後撰八九五小町姉 拾遺七一八読人不知)
八〇	ながれてとたのめしことは	ナシ	仲文集
八一	あるはなくなきは数そふ	ナシ	栄花物語(小大君)・為頼集(小大君) 林家本小大君集
八二	夢ならばまた見る宵も	ナシ	
八三	武蔵野に生ふとしきけば	ナシ	
八四	世の中は飛鳥川にも	ナシ	
八五	武蔵野のむかひの岡の	ナシ	

八六	見し人も知られざりけり	ナシ	第二部六五と類歌
八七	世の中にいづら我が身の	ナシ	古今九四三読人不知
八八	我が身こそあらぬかとのみ	ナシ	
八九	ながらへば人の心も	ナシ	後撰八九四読人不知、一二四七土佐
九〇	世の中をいとひてあまの	ナシ	後撰一二九〇小町姉
九一	はかなくて雲となりぬる	ナシ	
九二	我のみや世をうぐひすと	ナシ	古今七九八読人不知
九三	はかなくも枕さだめず	ナシ	
九四	世の中のうきもつらきも	ナシ	古今九四一読人不知
九五	吹きむすぶ風は昔の	ナシ	
九六	あやしくもなぐさめがたき	ナシ	
九七	しどけなき寝くたれ髪を	ナシ	
九八	誰をかも待乳の山の	ナシ	
九九	白雲のたえずたなびく	ナシ	古今九四五惟喬親王
一〇〇	紅葉せぬ常盤の山は	ナシ	古今二五一紀淑望

以上のように、第三部の特徴は、

①「古今集」「後撰集」によって小町以外の他人の歌だと知られるものを中核としているということとともに、

②異本系「小町集」に出ている歌は一首もなく、この系統だけに付加された歌が並んでいることが知られるのである。

さて、次は第四部、これは「他本歌十一首」とはっきりことわっているように、他本を照合して、既に出来上がっていた百首の歌を持つ「小町集」に存在していなかった歌だけを増補したものである。

流布本番号	初二句	異本番号	出典・重出
一〇一	何時とても恋しからずは	ナシ	古今五四六読人不知
一〇二	長月の有明の月の	ナシ	拾遺七九五人麿
一〇三	浅香山影さへ見ゆる	ナシ	万葉三八〇七
一〇四	ながめつつ過ぐる	ナシ	
一〇五	春の日の浦々ごとを	ナシ	重之集二二九
一〇六	木《こ》の間よりもりくる月の	ナシ	古今一八四読人不知
一〇七	天つ風雲吹きはらへ	ナシ	伊勢集四三九
一〇八	あはれてふことこそうたて	ナシ	古今九三九（元永本読人不知）

二〇九	世の中は夢かうつつか	ナシ	古今九四二読人不知
二一〇	あはれてふ言《こと》の葉ごとに	ナシ	古今九四〇読人不知
二一一	山里は物のわびしき	ナシ	古今九四四読人不知

あえて結論をまとめる必要もない。ここに付加された十一首は、小町の歌でないと断定出来るものばかりである。この流布本系の本体（二〇〇番まで）とは異なるが、このように他人の歌を多く含みこんだ「小町集」も別に存在していたのである。異本系はこれらの歌をまったく採用していない。編集方針が違うのである。

次は第五部、「又、他本」によって補った「五首」である。

流布本番号	初　二句	異本番号	出　典・重　出
二一二	小倉山消えしともしの	ナシ	
二一三	別れつつ見るべき人も	ナシ	一〇四と類似
二一四	かたみこそ今はあたなれ	ナシ	古今七四六読人不知
二一五	はかなしや我が身のはてよ	ナシ	
二一六	花咲きて実《み》ならぬものは	ナシ	後撰一三六〇小町

この五首も異本系にはない。流布本系だけが他本を照合して付加したのであろう。なお末尾一一六番だけが「後撰集」に小町作となっている歌である。「後撰集」にまだ小町の歌があるのに気づいて最後に付加したのであろうが、逆に言えば、あまりにも説話化しにくい歌であるので最後まで残ってしまったともいえる。いずれにしても、第一部・第二部、そしてこの「小町集」全体においても見られたごとく、異質なものを末尾に便宜上付加しておくという形であって、この一首だけを、あるいは第六部として別に扱うべきかとも思うのである。

以上、長々と論じて来たが、これを要するに、
Ⓐ流布本「小町集」は、少なくとも五段階にわたって増補され膨脹して来た
Ⓑそのうち、「古今」「後撰」によって小町作と知られる歌を中心に作られた第一部がもっとも古く、次に小町の作かどうか判定しかねる第二部を異本系に近い本との接触によって増補し、さらにその後、小町の真作ではないのに小町作として伝承されていた歌を、数回他の資料によって付加して、今のような形になった。
ということなのである。

四　小町の夢の歌――流布本「小町集」の形成㈠――

以上は、流布本「小町集」がどのように形成されていったかを、主として形態の面から、外部

徴証などを用い、文献学的に解明して来たのであるが、今度は、和歌の表現に立ち入って、「小町集」の成長過程を明らかにしてみたいと思う。

「古今集」の小町の歌を見ると、「夢」をよんだ歌が非常に多いことに気づくが、まず「小町集」一六〜一九番に並んでいるものから見よう。

夢に人の見えしかば

思ひつつ寝《ぬ》ればや人の見えつらぬ夢と知りせばさめざらましを　（流布本一六・異本19）

「古今集」恋二（五五二）では「題しらず」となっている。「万葉集」にも、

吾妹子《わぎもこ》がいかに思へかぬばたまの一夜もおちず夢《いめ》にし見ゆる　（巻十五・三六四七）

と、

思ひつつ寝《ぬ》ればかもとなぬばたまの一夜もおちず夢にし見ゆる　（巻十五・三七三八）

の二首が、本来同じ歌であったかと思われるのに、一方は相手が自分を思っているゆえに夢に現れたという形でよまれ、一方は自分自身が深く思っているゆえに夢に相手を見てしまったとよんでいる。相手が自分を思ってくれているゆえに夢に見える、自分が思っているゆえに相手が夢に見えるという両様が既に「万葉」の時代からあったわけだが、いうまでもなく小町のこの歌は、後者。「つつ」という反覆の助詞が用いられていることによってもわかるように、自分があの方《かた》のことを繰り返し繰り返し思いながら寝たがために、あの方の夢を見得たというのである。

だが、次に位置している歌は違う。

うたたねに恋ひしき人を見てしより夢てふものはたのみそめてき

（流布本一七・異本28・古今五五三）

自分が「思ひつつ」寝た時に見た夢なら、あの方を夢に見ても、いわばあたりまえ。しかし「思ひつつ寝」る「思ひ寝《ね》」ではなく、恋に疲れてついうとうとしてしまった「うたたね」に「恋しき人」を見たのだ。きっとあの人が私を思っていてくださったのだ……と思うのも無理はない。今までは夢というものを、そんなに問題にしなかった私だが、おのずから「たのみそめ」るようになってしまった。夢こそ我々の愛の確認という気持になってしまったと言っているのである。前の歌と併せ読む時、理智と情とが見事に調和して、哀切かぎりなく、まことに小町らしい。

いとせめて恋しき時はむばたまの夜の衣をかへしてぞ着る

（流布本一九・異本30・古今五五四）

「突き詰めてその人の恋しい時は夢でなりとも逢いたさに、夜の衣を裏返しにして着ることであるよ」（窪田空穂『古今和歌集評釈』）というように解するのが普通である。だが、夢で会うだけなら「思ひつつ寝」ればよかったはずである。「思ひつつ寝ればや……」の歌は自分が思い寝をしたからあの方に会えたということであり、「うたたねに恋しき人を……」の歌は「思ひつつ寝」たわけではなく「うたたね」なのに、夢に見えたのはあの方が私を思っていてくださったせいだといっているのであるが、両歌とも、自分が思うゆえにせよ、相手が思うゆえにせよ、夢を見るのが自分であることに変りはない。ところがこの「いとせめて」の歌では、それらと違って、私があの方の夢の中に現われたい、夢路を通って自分の方から行きたいと言っているのだと思う。

「夢てふものは」たのまなかった私だが、こうなったら、夢についての俗信や呪術にすがりたいというわけである。「夜の衣をかへす」というのはどのような呪術かわからぬが、「袖をかへす」なら「万葉集」にある。巻十一・二八一二に、

吾妹子《わぎもこ》に恋ひてすべなみ白妙《しろたへ》の袖かへししは夢《いめ》に見えきや

愛するお前を思う気持は抑えようもなく、袖を返して寝たのだが、夢に私を見ましたかと問うているのである。

同じ巻十一の二八一三、

吾《わ》が背子《せこ》が袖かへす夜の夢《いめ》ならしまことも君にあへりし如し

わが背子が袖を折りかえしておやすみになった夢でありましょう。ほんとうにお会いしているようにまざまざと見えましたわよという意である。つまり「袖をかへす」というのは袖をかえす人が相手の夢の中にあらわれるための呪術なのである。

「万葉集」巻十二・二九三七に、

白たへの袖折りかへし恋ふればか妹《いも》が姿の夢にし見ゆる

とある。この歌について沢瀉久孝の『万葉集注釈』は「自分が袖を折り返して恋うてゐるからであらうか、妹の姿が夢に見えるよ」と解しているが適当ではない。「白い織物の袖を折り返して恋をしてゐる故か、その妻の姿が、夢に見える」と訳す武田祐吉の『全注釈』、あるいはさらにはっ

きりと「吾妹が袖を折りかへして恋ひ思へばであらうか、妹の姿が夢に見える」と訳す土屋文明の『私注』などに従うべきだと思うのである。

さて、本題にもどって、小町のこの夢の歌三首についての従前の解はいささか粗雑に過ぎると思う。第二首において「うたたね」と言ったのは第一首のように「思ひ寝」でないことを示すためであるということ、第三首で「衣をかへす」とあえて言ったのは第二首のいうように「夢てふものをたのみ」きった結果だということなのである。つまり、この三首の配列がどのような意味を持っているのか、もう少し考えるべきだったと思う。

やむごとなき人のしのびたまふに
うつつにはさもこそあらめ夢にさへ人目《ひとめ》つつむと見るがわびしさ
（流布本一四・異本14・古今六五六）

相手に語りかけている感じの歌である。現実においてはあなたが人目を気になさって、表立って私と会おうとなさらぬのはよく納得できます。しかし夢においてさえ、人目を気にしてうちとけなさらぬのは……本当にわびしいことですというのである。「古今集」では「題しらず」だから、夢の中の逢瀬における女の恨みごとととれるが、流布本系「小町集」では「やむごとなき人のしのびたまふに」と詞書がついている。夢においてさえ人目を気にするのは、「やむごとなき」御身だからだと編纂者が解釈したのであろう。「小町集」が、独立して鑑賞される世界を既にもっていることを示すものとして興味深い。

かぎりなき思ひのままに夜も来む夢路をさへに人はとがめじ
（流布本七一・異本22・古今六五七）

夢においてさえ気にしているとおっしゃるが、私は「かぎりなき思ひにまかせて夜もやって来ましょう」と言っているのである。「夜も」と言っているのは「昼の間往《い》ったけれど、人目に支《さ》へられて逢へずに戻ったらしい」（金子元臣『古今和歌集評釈』）などと理屈ぽく解すべきものではない。「夜も」は「来《こ》む」と対応しているのである。「行かむ」と言わずに「来《こ》む」と言っているのは、女の所を中心によんでいるからであろう。「古今集」では小町の歌だが、「小町集」では男の立場でよまれた歌と見るべきであろう。

なお、この歌、流布本「小町集」では第二部の末尾にあるが、「古今集」には前の「うつつには」の歌に続いて小町作として掲載されており、本来第一部にあるべきものである。男の立場でよまれた歌であるゆえに定着し切れず、後で補充せざるを得なくなったのであろう。

夢路には足もやすめずかよへどもうつつに一目《ひとめ》見しごとはあらず
（流布本二五・異本21・古今六五八）

これも、小町が男の立場に立って詠んだものである。しかし、「小町集」として読む場合は、「夢路」において足も休めずにお通《かよ》いくださっても、やはり夢は夢、何度お会いしても、実際に一目会ったほどの充足感はないと言っていることになる。

ところで、これらの夢の歌は、「古今集」では恋二と恋三に分かれているが、もともとは一まとめの連作であったと思う。自分が思い寝をしたゆえに恋しい人の夢を見る（古今集五五二、小町集一六）のは当然である。しかし「思ひ寝」ではなく、「うたた寝」についついあの人の夢を見たのは、あの人が私を思っていてくれたせいであるに違いない（古今集五五三、小町集一七）と思うのだが、やはり会えそうにないので、恋しさはつのるばかり。そしてその恋しさを抑え切れない時は「夜の衣を返して」裏返しに着る（古今集五五四、小町集一九）と切なく言うのである。

それに対して、恋三の「うつつにはさもこそあらめ……」（古今集六五六、小町集一四）は、「小町集」が「やんごとなき人のしのびたまふに」と詞書を付しているのにふさわしく、「現実にお会いする時に、人目を気になさるのはわかりますが、夢の中でまで、気にしていらっしゃるのは、辛《つら》過《す》ぎます」と言っているのであるが、「夢路には足も休めずかよへども……」（古今集六五八、小町集二五）と「限りなき思いのままに夜も来む……」（古今集六五七、小町集七一）は、前述したように、本来は、小町が、女のもとに通って来る男の立場に立って詠んだ題詠と見るべきものであるゆえに、「古今集」の小町真作歌でありながら、「小町集」では定着する場所を求め得ず、詞書も持たない形で二五番に置かれたり、第二部の、それも終り近い七一番に置かれたりしているのである。

このように、小町が男の立場で詠んだということを見抜けなかったために、定着し切れなかった歌もあるが、「小町集」においても、これらを核にして、夢の歌をさらに多く付加して、小町の世界を拡大しているのである。

まず、先の「うたたねに……」と「いとせめて恋しき時は」の間に一首を加えている。

返し

たのまじと思はむとてもいかがせむ夢よりほかにあふ夜なければ　（流布本一八・異本29）

「返し」とあるのだから相手の男の歌ということである。「うたたねに恋しき人を見てしより夢てふ物はたのみそめてき」と詠んだのに対し、「たのまじ」などと思おうとしてもどうしようもない。私とお前は夢の中でしか会えない仲なのだからと言っているのである。表立っては会えない男女という悲劇的状況設定の役割をはたしてはいるが、説明的に過ぎる感じである。なお、異本系(29)では詞書がないので小町の歌ということになる。小町自身の歌として読んでもその状況設定は変らず、「夢てふものはたのみそめてき」という開かれた世界を早くも鎖ざし、夢でしか会えないのだというあわれな状況を表面に出そうとする編纂者の意図が感じられる。

うつつにもあるだにあるを夢にさへ飽《あ》かでも人の見えわたるかな　（流布本五四・異本23）

現実においても、ただ生きているだけで、充《み》たされるものはないのだが、夢においてもまた同様に、あの方が見えることは見えるのだが、私を充たしてくださらぬままのお姿で見え続けることよ、つまり現実に会い会えるあなたとして夢に現われてほしいというわけである。なお、異本は「あかでも人に別れぬるかな」となっている。夢においても充たされぬままに別れねばならぬということになるから論理的にはわかりやすくなっているかに見えるが、「あるだにある」と対応しない。現実にも充たされぬけれど「ある」だけは「ある」、夢でも充たされぬままに「見えわたる」

「見え続ける」とあってこそ落ちつくと思うのである。

宵々の夢の魂足たゆくありても待たむとぶらひに来《こ》よ（流布本二九・異本59）

わかりにくい。異本系では「……足たかくありとて待たむとぶらひに来《こ》よ」となっている。「待たむ」を「又も」とする本もあるが、「も」は「む」の草体、「又」は借字と考えて、「待たむ」と本文を整定してよかろう。「足たかく」は「あひがたく」の誤写ともとれるが「足たゆく」の誤写といちおう解しておく。となると、流布本系でも異本系でも同じ、「宵々ごとに夢路を通《とお》ってかよって来る魂よ。たとえ足がだるくても今宵も私をとぶらいに来て下さい、待っています」というように解し得る。

「夢の魂」は一二五番に「夢路には足もやすめずかよへども」とあったように「夢路」（「夢の通ひ路」ともいう）を通ってかよってくる魂をいうのであろう。

今までの歌は第二部までにあった歌だが、以下は第三部の歌である。

夢ならばまた見る宵もありなましなになかなかのうつつなりけむ（流布本八二・異本ナシ）

先には、やはり夢は夢、「うつつに一目《ひとめ》見しごともあらず」とあったが、これは、あえてその逆を言っているのである。夢ならばまたも会えようと安心していられる。しかし現実では、会ってもすぐ別れねばならぬし、次は何時会えるかと、かえってつらい思いであったよ。現実の逢瀬でも、中途半端ではかえって夢よりもつらかったと嘆いているのである。

はかなくも枕さだめずあかすかな夢がたりせし人を待つとて（流布本九三・異本ナシ）

「夢語り」とは、普通は夢で見たことを起きてから人に語ることである。しかし、ここは違うようだ。夢の中で親しく語り合った人のことであるらしい。「よひよひに枕さだめむ方《かた》もなしいかに寝し夜か夢に見えけむ」(『古今集』恋一・五一六)にいうごとく、あの人の夢を見るためにはどちらの方向を枕にすればよいかと悩むのが「枕さだめず」である。かつて夢で語り合った人と、もう一度夢で会おうといっているとするほかはない。だが、それは、みずからが言うように「はかなくも」なのである。哀れさや、孤愁が、しみじみと感ぜられる歌である。

夏の夜のわびしきことは夢にだに見るほどもなく明くるなりけり　(流布本五三・異本20)

意は明らかである。あの方《かた》に会う唯一の手段である夢すらもゆっくりと見られない夏の夜の短かさは本当にわびしいというのである。「夢にだに」とあるところに、現実において充たされぬものが前提になっていることが知られる。

前述したように、『古今集』に出ている小町の夢の歌六首はそのまとまりの妙から言って、「夢」という歌題でよまれた、いわば虚構的連作であったと私は思う。まことに女らしく恋というテーマにおいてのみ「夢」をよんだのであるが、哀切な中にも理智の目が光り、ある意味では堂々とした歌であった。しかし、それを『小町集』の中核に据え、いくつかの歌を増補した時、その中核となった歌も、増補された歌とともに、夢でしか会えぬ、閉ざされた恋、挫折した恋を基盤とした哀切の調べ、孤愁の趣《おもむき》に変っていたのである。小町の真作でない歌の方が、より小町的だと考えられるあわれさを表わすものとなっていたのである。

五　「あま」と「みるめ」——流布本「小町集」の形成(二)——

同じようなことを、今度は「あま」と「みるめ」について見よう。「あま」(海人・蜑)とは、今の海女《あま》ではなくむしろ男性を中心とした漁業労働者をいうのである。対する「みるめ」(海松布)は「みる」(海松)と同じ。海草の一種である。

つねに来れども、えあはぬ女の、うらむる人に
みるめなき我が身をうらと知らねばやかれなであまの足たゆく来《く》る
(流布本一二三・異本6・古今六二三)

昔から、ずいぶんさまざまな解があるのは、この歌が非常に難解だからである。「かれなで」は、「離《か》れる」と「(海松布が)枯れる」を掛ける。「あま」は通《かよ》ってくる男をさす。「足たゆく来《く》る」は「足がだるくなるほど熱心に来る」の意。だから第三句以後は問題はない。「……と知らないからか、思いやむこともなく足がだるくなるほど熱心に通《かよ》って来るよ」と言っているのである。問題は、だから、上二句にある。第三句の「知らねばや」への結びつけ方で、おおむね二つの説に分かれる。「浦《うら》」の「う」を「憂《う》」にかけて「我が身を憂《う》しとも知らないで」と解するわけだが、「我が身」を、「知る」の主体だから男だとする立場と、女自身とする立場があって解釈が変わる。女自身とする説は多く「みるめなき」を「お会いする価値のない私の容貌」と解している。しかし、これはよろしくない。「みるめ」を人事と掛けてよんだ当時の用例はすべて「会う機会」の意

に用いられている。「みるめなき」は、だから「会うチャンスのない」の意である。また「うし」を「つらし」と同様に解しているものが多いが、これも誤りである。「つらし」は相手のつらくあたる態度を「つらし」と感ずるのであり、「うし」はわが身本来の憂愁をいうのである。

かように見て来ると、解釈は簡単である。お会い出来ない私の身の憂さを御承知ないゆえに、あきらめずにあなたは足がだるくなるまでかよっていらっしゃる……というわけである。男と共に楽しみ合えない憂愁をよんでいるわけだが、「我が身の憂さ」を強くとりすぎると小町不具説、つまり穴なし小町、小町針の方へ向かい、「我が身の憂さ」の「我が身」を男の身にとったりすると、「あなた自身の身の憂さも自覚しないで」とずいぶん強いはねつけ方となって小町驕慢説話の方へ発展するのである。

右の歌も、「海松布《みるめ》」と、それを刈る「海人《あま》」を組み合わせ、「海人」を男にたとえるとともに、「浦」「枯」など海または海草の縁語でまとめあげたものであったが、「古今集」にあるもう一首も同じような発想である。

人のわりなくうらむるに

あまのすむ里のしるべにあらなくにうらみむとのみ人のいふらむ

（流布本一五・異本7・古今七二七）

「うらみむ」は「恨みむ」と「浦見む」の掛詞。漁師たちが住んでいる里の案内者でもない私に、どうして浦見む（恨みむ）とばかり、あなたはおっしゃるのでしょうというわけである。

前の「夢」の歌の場合について考えたのと同じように「海人《あま》」に寄せてよんだ題詠とでも解すれば、優雅な遊戯的雰囲気が感ぜられようが、実際にあたってよんだとすれば、まさしく男を揶揄しているわけで、驕慢説話につながってゆくことが容易に看取されるのである。

「古今集」における小町の「海人《あま》」に関連した歌はこの二首であるが、「小町集」には、この二首の後日譚的な和歌がずいぶん多く付加されている。

人のもとに

わたつうみのみるめは誰か刈りはてし世の人ごとになしといはする　（流布本二二・異本17）

やはり「海松布《みるめ》」を男女が会う機会の意にとっている。会い会う機会をすっかり奪い取って、私をして「世間の男とは絶対に会わない」と言わせている唯一人の男性は誰かと、その人の愛を求めているのである。男を拒否する小町の事情を説明するために付加したような歌である。

「対面しぬべくや」とあれば

みるめ刈るあまの行きかふ湊路《みなとぢ》になこその関も我はすゑぬを　（流布本五・異本60）

「お会いできますか」と聞いてきた男に対する歌。会う機会を求めて男が行き交《か》っている所に「来《く》るな」という関所など私は設けておりませんと、前の「みるめなき我が身をうらと……」などとはまったく違って、受け入れる旨を宣言しているのである。「なこその関」は今の福島県勿来《なこそ》の関、「な来《こ》そ（来るな）」の意を含んでいる。

この歌も、「みるめ」「あま」の対応の中で、「古今集」掲出の二首に見られた拒否の姿勢を修正するものであったが、次の歌も同様である。

みるめあらばうらみむやはとあまとはばうかびて待たむうたかたの間《ま》も
（流布本四一・異本39）

「お会いする機会さえあれば恨みなどいたしません」と言って男がたずねて来てくれるなら、憂愁の中ながらお待ちしましょうと言っているのである。「古今集」掲出歌二首に見られた「拒否する小町」というイメージはなくなり、前歌と同様「弱い小町」になっているが、さらに深い絶望が底に流れているとも見られよう。なお、「うかびて」の「う」は「憂《う》し」の「憂《う》」を掛けたもの。

「浮き浮きして待とう」と解く説はいけない。

風間《かざま》待つ海人《あま》し潜《かづ》かばあふことのたよりになみはうみとなりなむ
（流布本二六・異本42）

小町の男性拒否は、いうなれば男性不信から招来されたものであるというとらえ方である。私の所へ来ている男も結局は風のやむのを待っているだけ、風がやんで本来行くべき所へもぐってしまったら、もう会う手段もなく私一人つらい思いをしなければならないだろうと言っているのである。「たより」は手段の意。「なみ」は「浪」と「無み」を、「うみ」は「海」と「憂《う》み」を掛ける。

男を信じられぬということは、信じ得ぬような扱いを受けたということである。すがろうとしても、すがり得ぬはかなさ、空しさ、これが男性不信の第一の因である。

定まらずあはれなる身を嘆きて

あまの住む浦漕ぐ舟の楫《かぢ》をなみ世をうみわたる我ぞかなしき
（流布本三三・異本52・後撰一〇九一）

「後撰集」では「定めたる男もなくて物思ひはべりけるころ　小野小町」とさらに状況がはっきりしている。海人《あま》（男）が住んでいる浦を漕ぐ舟が櫂《かい》をなくしたように、行方も思うままにならずに、この世を憂《う》みわたる今の我が身のかなしさよ……というわけである。「後撰集」の小町の歌は、いわゆる小町的になっている、つまり説話化されているという感じがする。

定めたる男もなくて心ぼそき頃
須磨のあまの浦漕ぐ舟の楫《かぢ》よりもよるべなき身ぞかなしかりける
（流布本七八・異本ナシ）

今までは「あま」を男に喩えていたが、この歌では上三句全体が比喩の序詞となっていて、「あま」すなわち「男」という関係ではない。須磨の浦はいたって海流の速い所、楫《かじ》（舵《かじ》ではない、「櫂《かい》」のことである）の操作は困難、舟は流されるばかりでどうしようもない。そんな状態を我が身に喩えたのである。

「あま」、すなわち「男」と別れて悲しい思いの底にいるのは私だけではない……ほかにもいるというのが次の歌である。

難波江《なにはえ》に釣《つり》するあまにめかれけむ人も我がごと袖や濡《ぬ》るらむ
（流布本六四・異本46）

難波江に釣する海人《あま》を男にたとえ、「めかる」は「藻刈《め》る」と「目離《めか》る」（会わなくなる、別れる）を掛けている。あの女《ひと》も私と同じ。男に棄てられて涙で袖を濡らしているのだと言っているのである。「あま」を男に喩えていることは、「古今集」の歌をはじめとする多くの「小町集」所掲歌と同じだが、和歌をよむ態度、姿勢はずいぶんと変ってしまったものである。

「古今集」に存した小町の「夢」の歌六首、それは六首というまとまりにおいて一つの論理構造を持った世界を現出していた。また「あま」をテーマにした「古今集」の小町歌二首も、わずかに二首という限定はあったが一つの共通した傾向は示していた。だが、これに付加された数多くの「夢」の歌や「あま」の歌は、現在の我々が既に知っている小町のイメージ、言いなおせば既に説話的な面をも多分に含みこんでしまっている小町のイメージと重ねてこそ鑑賞し得るものであって、いわば、既に自立して存在している「古今集」の小町真作の歌と、人々の心の中にある説話上の小町のイメージとによりかかって存在し得ていると言っても過言ではない。そして、その小町は、強い小町ではなく、弱い小町、哀れな小町という言葉で統一されるものだと思う。「小町集」生成の時代、つまり平安時代中期の、特に女性たちのあわれさ、切なさをそのままに反映し、具現したものであると思う。

「小町集」の中に小町の真作かと思われる和歌はごく僅かしかない。しかし、その僅かな真作を中核として付加されていった和歌も小町の歌として伝承され小町の歌として鑑賞されて来たという事実を忘れてはならない。実は小町の作でなくても小町の歌として人々の心の中に生き続けて来たのである。小町その人の、あるいは小町真作和歌の文学的、文学史的位置づけはもちろん大切であるが、説話的なものを含みこんで膨脹しながら平安朝から中世・近世へと生き続けて来た小町ないしは小町的なものを探究し位置づけることも、同時にまた重要なことだと思うのである。「小町集」が小町説話の生成に既に深くかかわっているであろうことは以上の叙述によっても明らか過ぎるほど明らかであるが、実像だけではなく虚像をも含めて、いわば民族の心に生き続けた全体的小町像を総合的に把握するために第III篇において改めてこの問題を験算しなおしたいと思う。しかし、その前に、今まで直接的にふれなかった異本系の「小町集」について、少し検討しておかねばならぬことがある。

六　「小町集」における小大君の歌

「小町集」に小大君の歌が入っていると言って問題にした最初の人は本居宣長である。「玉勝間」四の巻に、

> 三条院ノ女蔵人左近を小大君ともいへり。そは小大進《コダイシン》といふ名をはぶきていへるなれば、こだいの君とよむべし。「こおほきみ」とよむは、ひがごと也。此人小大進なる証《シルシ》は、「栄花物語」見はてぬ夢の巻に「あるはなくなきは数そふ」といへる歌のよみ人、東宮ノ女蔵人小大進とあり。東宮は三条院也。此歌「小町が集」といふ物にもあり。すべてこの「小町集」は、いとも信《ウケ》がたき物にて、此小大ノ君が歌の多かるは、小大は小町にまぎらはしつるなるべし。然るを、「新古今」に、かの歌を「小町集」よりとりて、小町がとて入られたるは、誤也。

とあって、小大君の読み方からはじまって、ついでに「小町集」は信じがたいものなりとし、「小

町集」に「此の小大ノ君の歌の多かるは」すべて「小町集」の誤りなりと断じているのである。

この宣長の態度は、本書において、私が今までとって来た態度とは大いに違う。宣長は「小町集」は他人の歌を含んでいるから駄目だと言い切っているのであるが、事実は他人の歌であっても、それが小町の歌として伝承されていたことを問題にしようと私は言って来たはずである。「あるはなくなきは数そふ」の歌も、既に前掲の表に示したごとく(八七頁参照)「栄花物語」見はてぬ夢の巻に、

世の中のあはれにはかなきことを、摂津守為頼朝臣といふ人

世の中にあらましかばと思ふ人なきはおほくもなりにけるかな

これを聞きて、春宮の女蔵人小大君、返し

あるはなくなきは数そふ世の中にあはれいつまであらむとすらむ

とあり、「為頼朝臣集」にも、

小野宮の御忌日に法住寺に参るとて、おなじほどの人々おほく参りしを思ひいでて

世の中にあらましかばと思ふ人なきがおほくもなりにけるかな

小大君これを聞きて

あるはなくなきは数そふ世の中にあはれいつまで生きむとすらむ

とあり、さらに林家旧蔵本「小大君集」にも、

世のはかなきこと人々のたまふに

あるはなくなきは数そふ世の中にあはれいつまでいはむとすらむ

とある。「いはむとすらむ」は「いきむとすらむ」の誤写であろうから、いずれも流布本「小町集」八一番の、

見し人のなくなりし頃

あるはなくなきは数そふ世の中にあはれいづれの日まで嘆かむ

と下句が違うことは違う。しかし、いずれかがいずれかの異伝もしくは改作であることは疑いあるまい。とすれば、「生きている者はなくなり死んだ人が数をふやしてゆくこの無常の世の中に関係のあった男が死んだからと言って、ああ、いつの日まで嘆いておられようか」というのは特殊な表現にすぎる。小町という説話的な背景を考えなければ不自然であり、「この無常の世に、私だけが、ああいつまで生きようとしているのか」という小大君の歌の方がよほど自然であること疑いない。加えて、流布本「小町集」では、この歌は、いわゆる第三部、すなわち他人の作を小町の作として伝承している歌を集成した部分に入っており、他人の歌を含まない傾向のある異本系には存在しない。これらの点を考えれば、この歌に関しては、小大君の歌を改作して、小町の歌として伝承していたのが「小町集」に入っているというほかないのである。

いっぽう、宣長が「此小大ノ君が歌の多かるは」と言っているように「小町集」には「小大君集」に存する歌が他に六首ある。流布本の番号で言えば、五・二九・三〇・六八・六九・七〇の六首である。五・二九・三〇はいわゆる第一部であり、六六・六九・七〇は第二部、いずれも他

人の歌を集めた第三部とは異なっている、つまり実証こそ出来ぬが、かなり古い段階から、小町の歌として伝承された歌ばかりなのである。

ところで、この六首を、宮内庁書陵部本の「小大君集」（図書番号五〇一・九二）で示すと、

「あしたづの雲ゐの中《なか》にまじりなば」などいひてうせたる人あはれにおもほゆるころ

一四〇 ひさかたの　空にたなびく　浮雲の　うけるわが身は　露草の　露のいのちも　まだきえで　おもふことのみ　もろこすげ　しげさぞまさる　あらたまの　ゆく年月の　春の日の　花のにほひも　夏の日の　木《こ》の下蔭《したかげ》も　秋の夜の　月の光も　冬の夜の　時雨《しぐれ》の音も　世の中に　恋も別れも　うきことは　つらきもしらぬ　わが身こそ　心にしみて
袖のうらの　ひる時もなく　あはれなれ　かくのみ常に　おもひつつ　いきの松原
いきたる夜　長柄の橋の　ながらへて　瀬にゐるたづの　鳴きわたり　いつかうき世の
みくさのみ　わが身にかけて　かけはなれ　いつか恋しき　雲の上の　人とあひ見て
この世には　思ふことはなき　身とはなるべき

一四一 おきのゐて身を焼くよりもわびしきはみやこしまべの別れなりけり

一四二 宵々の夢の魂あしり《ママ》かくありかでまたむとぶらひにこよ

一四三 みるめかるあまのゆききの湊路《みなとぢ》になこその関も我はするゐぬに

醍醐の御時に、日照りのしければ、雨乞ひの歌よむべき宣旨ありて

一四四 ちはやぶる神もみまさばたち騒ぎ天の門川《とがわ》の樋口あけたまへ

やりみづに、桜の花流るるを見て

一四五 滝の水木《こ》の下《もと》近く流れずはうたかた花をありと見ましや

誤写がかなり多いが、「小町集」の本文と大きな相違はない。

この「小大君集」の歌順を、「小町集」の流布本系と異本系の両方と対照すると、問題ははっきりする。

小大君集番号	初二句	流布本小町集番号	異本小町集番号
一四〇	ひさかたの空にたなびく	六八	58
一四一	おきのゐて身を焼くよりも	三〇	ナシ
一四二	宵々の夢の魂あしりかく	二九	59
一四三	みるめかるあまのゆききの	五	60
一四四	ちはやぶる神もみまさば	六九	61
一四五	滝の水木の下近く	七〇	62

これを見ると、一四一の「おきのゐて身を焼くよりも」の歌を何らかの事情で異本系「小町集」が欠いているほかは、「小大君集」と異本系「小町集」の関係が特に深いことに気づく。そして、そのそれぞれの位置を見ると、「小大君集」の流布本系は、いずれもこの一四五番で一段落つき、

小大君、父母不詳

三条院春宮之時女蔵人、左近

と作者についての勘物を付し、以下、

たほんのうた

などと付加する。つまり一四五番で「小大君集」の本体は終っていたわけであり、「小町集」との重複歌六首はその本体の末尾にあるというわけである。

いっぽう、異本系「小町集」も、実は、この62番の「滝の水……」の歌で一段落するのである。以下の部分は、この異本系「小町集」が今までは出来る限り他人の歌を載せないという方針であったのに、明らかな他人の歌を載せたり、小町死後の歌というような説話化のはなはだしい歌を持ち、明らかに性格が違い、次元を異にしている。ここまでを異本系の第一部とする所以である。

かように見て来ると、異本系「小町集」の本来の末尾と流布本系「小大君集」の本来の末尾が共通している。いずれかがいずれかに、誤って付いてしまったことが明らかなのである。では、本来はどちらにだけあったのか、どちらがどちらに誤って付加されたのであろうか。

結論から言えば、私は、今の異本系に近い形態の「小町集」の末尾が「小大君集」に誤って付いてしまったのだと思う。理由は、既にふれたところであるが(本書七五頁参照)「ちはやぶる神もみまさば……」という雨乞いの歌の詞書は「小大君集」でも、「醍醐の御時……」ではじまっている。小大君は十世紀末に最も活躍した人であるから、十世紀ごく初期の「醍醐の御時」に登場するはずがない。前述のごとく伝説化した小野小町のことと見る以外には、この「醍醐の御時」にふさわしい解釈は出来ない。次に、今の異本系「小町集」にこそ「おきのゐて……」の歌がないが、おそらく古い本にあったのだろう。流布本「小大君集」にははっきりと存在している。この歌は、「古今集」で小町の歌として扱われている歌である（一一〇四）。「小大君集」に明らかに小町の歌だと断定出来る歌があるのだから、「小町集」の末尾が「小大君集」の末尾に誤って綴じられたとするほかはあるまい。たとえば、今読んでいただいている『小野小町追跡』をこわしてみるとよい。製本の綴じめに揃えてある折り目のそれぞれには、『小野小町追跡』を略して「小」などと書いてあると思う。それと同じく、「小大君集」にも「小町集」にも「小」という注記をつけて綴じてしまったから、このような綴じ誤りになったということなのである。

結論をもう一度言おう。「小大君集」と「小町集」の重出歌は、「あるはなく」の一首を除いては本来「小町集」にあったもので、「おきのゐて」を持っていない今の異本系「小町集」とは違うが、それに近い形の小町集の末尾部分だけが、後世の三十六人集の書写作業などの折に、「小大君集」の末尾に付加されたということなのである。

七 「あなめあなめ」の歌——異本「小町集」の付加部分——

先にふれたように、異本系「小町集」の本体は、62番の「滝の水木《こ》の下《もと》近く」の歌でいちおう終り、後は付加部分、つまり第二部だとしてよいと思う。今、その第二部だけを整理して表示し

てみると、

異本系番号	初　二句	流布本系番号	出　典
63	ちはやぶる賀茂の社の	ナシ	馬内侍集
64	我が身こそあらぬかとのみ	八八	
65	世にふればまたも越えけり	ナシ	斎宮女御集
66	心にもかはなざりける	五八	
67	陸奥《みちのく》は世をうき島も	七七	
68	秋風の吹くたびごとに	ナシ	
69	手枕《たまくら》の隙《ひま》の風だに	ナシ	拾遺集九〇一・読人不知

異本系「小町集」においては、62番までに関する限り（「小大君集」との関係については既に述べた）、小町作にあらずと断定出来る歌は採らない方針であった。流布本系の第一部（七八頁参照）と比べあわせても、たとえば「古今集」一五二番の三国の町の作「やよや待て山ほととぎす」、「後撰集」六八五番のよみ人しらず歌「ひとりねのわびしきままに」、「古今集」一八九番の「いつはとは時はわかねど」、同じく二〇五番「ひぐらしの鳴く山里の」（いずれも、よみ人しらず）などは、この異本系にない。したがって、第三部以後、小町真作にあらざること明らかながら小町の作と

して伝承されているがゆえに採り入れることの多かった流布本系の方がずいぶんと歌数が多くなっていることは当然なのであるが、右に表示した六三番〜六九番に限っては、「馬内侍集」「斎宮女御集」に見える歌や「拾遺集」の読人しらず歌を含み、かつ流布本系には存しない63 65 68 69を含むというように、はなはだしく特殊なのである。しかも68番にいたっては、小町死後の歌であって、いちじるしく伝説化されていることはおおいようもない。つまり異本系「小町集」の63番以下は62番までと次元を異にし、後の増補だと考えなければならない。ここで第一部と第二部とに分割した所以である。

ところで、この部分、特に67番以下は本文がかなり乱れているように思う。

　おなじ頃、陸奥国《みちのくに》へ下《くだ》る人に、「何時《いつ》ばかり」と問ひしかば、「今日、明日ものぼらむ」
　といひしかば
67陸奥《みちのく》は世をうき島もありといふを関《せき》こゆるぎのいそがざるらむ

流布本系の詞書では（七七番）、

　陸奥国《みちのくに》へ行く人に、「いつばかりにか」と言ひたりしに

とあって、歌をよんだ人、すなわち小町（実在の小町という意味ではない。伝説上の小町であるが）は、都にいることになる。ところが異本系では、「今日、明日ものぼらむ」とあるから二人のいる場所は陸奥国《みちのくに》であると考えるほかはなく、したがって「陸奥国《みちのくに》へ下《くだ》る人」というのも、これから「下《くだ》らむ」とする人ではなく、すでに下《くだ》っている人を指すことになろう。

小町は既に陸奥にいる——このことは「小町集」において、ここではじめて設定された状況なのであって、まことに注目すべきものである。「浮島《うきしま》」は「しほがまの前に浮きたる浮島のうきて思ひのある世なりけり」（『古今六帖』第三・山口女王）とあるように塩釜の浦に浮かぶ島の名。「こゆるぎの磯」は相模の国、今の国府津から大磯にかけての海岸だという。

しる人もなぎさなりけるこゆるぎのいそぎいでてぞくやしかりける（一条摂政御集）

わかめ刈るあまにやあるらむこゆるぎのいそがしくのみこぎかよふ舟（能宣集）

のどかなる春の浦にもすがためはなほこゆるぎのいそがしやなぞ（馬内侍集）

いかにして今日をくらさむこゆるぎのいそぎいでてもかひなかりけり（拾遺集・少貳命婦）

こゆるぎのいそぎてきつるかひもなくまたこそたてれ沖つ白浪（拾遺集・読人不知）

「こゆるぎの磯」で「磯」と「いそぐ」「いそがし」を掛けるのは、右にあげたような歌の時代、つまり「後撰集」から「拾遺集」の間、というよりも村上朝（九四六〜九六六）の歌人の作が大半である（『平安和歌歌枕地名索引』）。「小町集」の歌もおそらくはその時代の作、つまり実在の小町よりは百年近くも後の作かと思うのであるが、それはともかく、陸奥にいる（説話としての）小町が、自分のもとから去って行く男に対して、この陸奥は世（つまり男女の間）を憂きものにするという浮島《うきしま》もあるというけれども、私との間をそんなに憂《う》きものと思わないでほしい。こゆるぎの磯を通って都へ帰るのをどうしてそんなにいそぐのだろうか、いそがないでほしい、といっているのである。陸奥に流浪し、そこにいた男と結ばれたが、その人にさえ去られるあわれな小町の姿がそこにある。

ところで、異本系の「小町集」では、その後に、

などいひてうせにけり。

後をいかにもする人やなかりけむ、あやしくてまろびありきけり。

と続く。私はこれを「……などと歌をよんだが、さびしさのあまり死んでしまった。埋葬などする人もなかったのだろうか……」と解してみたが、それでは後に続かない。次の「あやしくてまろびありきけり」は、「異様な恰好《かっこう》で、ころがるように歩いた」ということであり、かの「玉造小町子壮衰書」を思い起こさせるもので、小町についての描写だと言わざるを得ないが、死んだ人が歩くのはやはりおかしい。とすれば、「うせにけり」は死んだのではなく「姿を消した」というふうに解して、さらに「後をいかにもする人やなかりけむ」は埋葬の世話をする人がないの意ではなく、その都へ帰った男に捨てられてから後は関係を持った男がなかったの意ととるほかはないと思うが、いかがであろうか。

このように、「あやしくて、まろびありきけり」までを67番「陸奥は世をうき島も……」の歌の後書としてしまったわけだが、次へ続くのは68番ではなく69番と見るほかはない。綴じ違えと見るのが最も妥当だが、他本によって69番を末尾に補ったとも考えられる。歌集として読む場合は67・68・69と続けて読んでも、それはそれでよいが、説話としては67・69・68の順に読むべきであろう。68番は小町の死後のことなのだから。

冬、道ゆく人の「いと寒げにてもあるかな、世こそはかなけれ」といふを聞きて、ふと

69手枕《たまくら》の隙《ひま》の風だに寒かりき身はならはしのものにぞありける

67番の後書「あやしくてまろびありきけり」に続けるのである。男に捨てられ、「あやしくてまろびあ」るいていた小町が、「冬、道ゆく人」に会う。その人は、あの「玉造小町子壮衰書」に描かれているような小町のあわれな様《さま》を見て、「大変寒そうだなあ。きっと男女の仲がうまくいかなかったのだろう」と言うのである。「世」とは、世間のこと、現世のことでもあるが、同時に、男女の間がらをもいうのが平安時代の一般的用法である。小町はそれを聞いて、すぐさま、「熱烈に愛し合った男の腕を枕に寝た時でも、すきまから風が入らなかったわけではない。わが身は寒いのにはなれているのだよ」と反応したというのである。「拾遺集」（恋四・九〇一）の読人不知の歌を利用して作った一節である。

さて、次は、いよいよ有名な「あなめあなめ」の場面である。

あはでかたみにゆきける人の、思ひもかけぬ所に歌よむ声のしければ、おそろしながら、寄り聞けば、

68秋風の吹くたびごとにあなめあなめ小野とはなくて薄《すすき》おひけり

と聞えけるに、あやしとて、草の中を見れば、小野小町が薄のいとをかしうまねきたてりける。

それと見ゆるしるしはいかがありけむ。

冒頭の「あはでかたみに」は、直訳すると「会わないでお互いに」の意であって、この文脈には適合しない。何らかの誤写があったとすべきであろう。大胆な試解をあえて言えば、私は、

あはでかたみにゆきける人の

は、

あ　がたみにゆきける人の

の誤写だと考えたい。「は」「で」は衍字《えんじ》（語句中に誤って入った不必要な文字のこと）と見てもよいが、それよりも、「あかたみに」を「あはてみに」と誤写し、それでは意味が通じないので、他本を校合して、

あはて《かた》みにゆきける人の

と傍記したのが、書写の過程で本文化して、

あはてかたみにゆきける人の

となったと考えたい。「可《か》」の草体「」は「者《は》」の草体「」ときわめて誤りやすく、「多《た》」の草体「」、「堂《た》」の草体「」は「天《て》」の草体「」や「亭《て》」の草体「」などときわめてよく似ているからである。

「あがたみにゆきける人の」と整定した本文によれば、解釈は簡単である。言うまでもなく、「古今集」雑下・九三八の「わびぬれば身をうき草の根を絶えてさそふ水あらばいなむとぞおもふ」という小町の歌の詞書に、

文屋康秀、三河の掾になりて、「県見《あがたみ》にはえいでたたじや」といひやれりける返事《かへりごと》によめる

とある「県見《あがたみ》」と同じ。つまり地方官として地方へ行くことである。この場合は文屋康秀であらねばならぬ理由は何もない。ただ都の貴族の一人が地方官として地方におもむき、「思ひもかけぬ所」で「歌よむ声」を聞き、おそろしながら、寄って聞くと、「秋風の吹くたびごとにあなめあなめ」の歌が聞えてくる。なお、「あやしと」思って草の中を見ると、小野小町が薄のようになって風情たっぷりに自分を手招きして立っているというのである。何故、小野小町とわかったのだろうかという疑問を「それと見ゆるしるしはいかがありけむ」と表現したのである。これは、歌集の編纂者の言葉というよりも、まさしく物語における語り手の言葉だといってよい。この部分、歌集ではあるが、説話を背景にしている、その説話を要約する形で詞書を書いているという感じである。

というのは、どうも説明不足だという印象をまぬがれないからである。「あなめあなめ」の意味もわからないし、小町が死んだという記述もないし、骸骨がそこにあったという説明もない。しかし、それでもよいと編纂者が思い、またそれでも通じたということは、既に前提になる説話があり、その説話を人々が知っていたということであろう。

じっさい、この異本系「小町集」よりは後のものであるが、平安末期から鎌倉初期にかけての種々の文献にこの話が出ているのである。

一一四五年から一一五三年の間に成立したといわれる「和歌童蒙抄」の第七には、この小町死後の歌が「小町集」に入れられたいきさつが記されている。

秋風の吹くたびごとにあなめあなめ小野とはならじすすきおひけり

小野小町集にあり。昔、野中を行く人あり。風の音のやうにてこの歌をよめる声聞ゆ。立ち寄りて聞きければ、白くされたる人の頭《かしら》の中よりすすき生《お》ひ出でたるがよみけるなり。そのすすきを取りすてて、その頭《かしら》を清き所に置きて帰りぬ。その夜の夢に「我はこれ、昔、小野小町といはれしものなり。うれしく恩を蒙りぬる」と言へりけり。さて、この歌を、かの集に入れるとぞ。「あなめあなめ」とは、あな目痛《めいた》といふなり。

とある。また清輔の「袋草紙」（一一五六年頃成立）にも「亡者の歌」として、

秋風のうち吹くごとにあなめあなめ小野とはいはじすすき生《お》ひけり

人ノ夢ニ、野途《ノミチ》に目より薄生ひたる人有り。小野と称してこの歌を詠む。夢覚めて尋ね見るに、一つの髑髏有り。目より薄生ひ出でたり。其髑髏を取りて閑《しづ》かなる所にこれを置くと云へり。小町の屍と知ると云へり。

とある。夢によって小野小町の髑髏だと知ったり（「童蒙抄」）、夢を確かめるために野に出かけて小町の髑髏を見つけたりというように、少異はあるが、大筋は同じである。その髑髏の世話をした人の名が記されていないことや「あなめあなめ」の歌は次に述べるような短連歌の贈答ではなく髑髏だけがよんだものであることは、説明が簡単すぎる異本系「小町集」を含めて共通してい

る。

それに対して、いささか異なった伝承がある。大江匡房の（一〇四一～一一一一）公事故実書である「江家次第」の第十四「后宮出車事」の条に二条后に関連して在原業平の話に及び、ついでに小町のことが記されているのである。

或ハ云フ、在五中将、件《クダン》ノ后ヲ嫁《ヨバ》ヒタル為ニ出家シテ相構フ。其後《ソノノチ》髪ヲ生ホサンガ為ニ陸奥国ニ到リ、八十島ニ向ヒテ小野小町ノ屍《カバネ》ヲ求ム。夜、件《クダン》ノ島ニ宿ルニ終夜声有リテ曰フ

秋風ノ吹ニツケテモアナメアナメ

後朝之《ツトメテコレ》ヲ求ムルニ髑髏ノ目ノ中ニ野ノ薄有リ。在五中将涕泣シテ曰フ

小野トハナラズ薄生ヒケリ

即チ歛葬ス

とある。また前にも一部を引用したが（五〇頁参照）、長明（一一五五～一二一六）の「無名抄」にも、

或人いはく「業平朝臣、二条后の未だただ人にておはしましける時、盗み取りて行きけるを、兄人達《せうと》に取り返されたる由いへり。この事、又、日本記にあり。事の様は、かの物語にいへるがごとくなるに、とりて奪ひ返しける事、兄人達《せうと》、その憤《いきどほ》りやすめがたくて業平の髻《もとどり》を切りてけり。（中略）業平朝臣、髪を生《おほ》さむとて籠もり居たりける程、歌枕ども見むとて数寄《すき》によせて東《あづま》の方へ行きけり。陸奥国に到りて、八十島《やそじま》といふ所に宿りたりける夜、野の中に歌

の上句を詠ずる声あり。そのことばにいはく
　秋風の吹くにつけてもあなめあなめ
といふ。あやしく覚えて声をたづねつつこれを求むるに、さらに人なし。ただ死人の頭一つあり。翌朝《あくるあさ》、なほこれを見るに、かのどくろの目の穴より薄なむ一本生ひ出でたりける。その薄の風になびく音のかく聞えければ、あやしくおぼえて、あたりの人にこのことを問ふ。ある人語りていはく『小野小町、この国に到りて、此所《このところ》にて命終りけり。すなはち、かの頭《かしら》これなり』といふ。ここに業平、あはれに悲しく覚えければ、涙をおさへて下句をつけけり。
　小野とはいはじすすき生《お》ひけり
とぞつけたる。その野をば玉造の小野とはいひける」とぞ侍る。玉造の小町と小野の小町と、同人か、あらぬ者かと、人々おぼつかなきことに申して争ひはべりし時、人の語りはべりしなり。

その他「古事談」や一条兼良の「東斎随筆」にも、ほぼ同じことが出ているが、いたずらに紙数を費やすばかりであるので、引用は省略する。これらに見られる特徴は、
①在原業平の事蹟として語られている
②奥州八十《やそ》島、奥州玉造の小野など、今ではどこかわからぬが、とにかく陸奥を舞台にしている
③小町の骸骨が歌全体をよんだのではなく、短連歌の形で業平と上句下句を読み分った

これも八十島の跡と称する宮城県古川市の小町の墓。「安斎随筆」や「雅俗随筆」など江戸時代から紹介されている。ほかに象潟や松島湾などが八十島かといわれている。

というようなところにあろう。

異本系「小町集」や「和歌童蒙抄」の類と「江家次第」「無名抄」「古事談」の類とはこのように相違している。相違していることについても、顕昭《けんしょう》の「袖中抄《しゅうちゅうしょう》」（『日本歌学大系』別巻二）をはじめ、江戸時代の岡本保孝「難波江」（『随筆大成』）・柳亭種彦の「雅俗随筆」（『新燕石十種』）など、実に数多くの人があれこれと論じているものの、いっこうに要領を得ないが、あえて私見を言えば、業平を持ち出したり、陸奥玉造郡とか、八十島《やそじま》とかの地名を持ち出したりしない形の方が古いと思う。固有名詞などは特に流動的であって、北畠親房（一二九三～一三五四）の「古今集序注」（『続群書類従』）では、業平ではなく、同じく陸奥へ下《くだ》った藤原実方（？～九九八）のこととし、また鎌倉時代中期に成立した「無名草子」では陸奥のこととはせず、人物をも藤原道信（九七四～九九四）にしている。陸奥守在任中任地で客死した実方や「かたちの有様よりはじめて、心情《こころなさけ》いとをかしくて和歌をめでたくよみける」と伝えられながら二十三歳で世を去った道信など、いわば悲劇的な人物の話と結びついて伝えられたのであろう。

ところで、髑髏《どくろ》の目の穴から薄が生え、風になびくために、髑髏が「あな、目」、「あな、目」、つまり、「ああ、目！」「ああ目！」と言って、目が痛いことを知らせようとした歌は、その表現の特異性から考えて、本来は全く別種の伝承の中にあったものだろうと思うが、その伝承がどのようなものであったか明らかにすることは今となっては不可能である。髑髏の目の穴から薄が生えたという話も、別の形、つまり小町が関係しない形ではまったく残っていないからである。ただ、「日本霊異記」下巻の「髑髏ノ目の穴ノ笋《タカンナ》を掲《ヌ》キ脱《ハナ》チテ、祈《ネガ》ヒテ霊《メヅラ》シキ表《シルシ》ヲ示ス縁」という話は、薄ではなく笋《タカンナ》（筍・たけのこ）ではあるが、同種の説話として注目すべきものである。

白壁の帝、すなわち光仁天皇の宝亀九年十二月下旬に、備後の国葦田の郡大山の里の人である品知牧人《ほんちのまきひと》が正月の物を買うために同じ国の深津郡深津の市へ行った。その途中で日暮れになり葦田の竹原で野宿した。ところが「目痛し」とうめく声で一夜中寝られない。翌朝見ると一つの髑髏があり、その目の穴から笋《たかんな》がつき出ている。それを引きぬいて髑髏に食物をそなえて祈り、市へ出て買物をするとその髑髏の恩であろうか、商いが常よりもスムーズに進む。帰りにまた同じ竹原に宿ると髑髏が姿を現わし、自分が殺された事情などを語り、風吹くたびに笋が動いて目が甚だしく痛かったのを救ってくれた御礼だと言って財物などを授け、さらにその霊の導きにより殺人者を発見するという話であって大筋は違うが、髑髏の目の穴から生えた植物が風で動いて目が痛いとうめく声を聞いて、それを抜き菩提をとむらったという点は同じである。

私事にわたるが、私は小学校の一年から中学校の三年の途中までを中国の瀋陽ですごした。軍国主義一色の時代だったから小学生といえども高学年になると木銃などを背負って二十キロ、二十五キロと行軍する。そんな時、日本人街から遠く離れた湿原などで髑髏を見ること一再ではなかった。何故こんなに髑髏がころがっているのかと問うと、中国では子供が親より先に死ぬと親不孝だとして墓も作らずに捨てられるのだとか、墓はあってもすぐあばかれて衣服や副葬品を奪われてしまうのだというような説明を先生から聞いたような記憶がある。いずれにしても、日本の植民地支配の下での痛ましい一状況であるが、その中に特に私の心を痛ましめたのは、髑髏の目の穴から芦のような草が生えているのを見た時であった。思わずにそれを抜き、何かを祈ったことを四十年以上の年月をへた今でもはっきりと記憶している。こんなことを思い出すと、「日本霊異記」のこの話の影響を受けて筝を薄に換えて「小町集」の話が出来たというような短絡的論議をなすことは出来ようはずもない。平安時代は、その表面的明るさにもかかわらず、都の外へ出れば、髑髏がころがっているに近い状況であった。否、都の周辺においても、

病《やま》ひして人多くなくなりし年、なき人を野ら藪《やぶ》などにおきてはべるを見て　　　すけきよ

みな人の命を露にたとふるは草むらごとにおけばなりけり　　　（拾遺集・巻二十・一三二五）

というように死体を野や藪におくことがあったのである。それらは髑髏となり、その中には薄などが眼窩をつきぬけることもあったであろう。それにあわれを感じた人々ならば誰でもが伝承者に成り得るような、いわば、きわめてありふれた素材であったと思う。だから髑髏になって野中にころがっているような落魄・零落した最後を小野小町が遂げたという説話があったとすれば、このような場面が作りあげられるのは、きわめて自然だとさえ言い得るのである。

八 「小町集」の成立は十世紀末か

流布本系にせよ、異本系にせよ、「小町集」の基盤に、いわゆる小町説話ともいうべきものが、既におおむね形をなしていたということを明らかにして来たのであるが、このあたりで、当面の「小町集」（流布本系・異本系ともに）がいつごろ出来たのか、今後の論の展開のために明らかにしておかなければならない。

「小町集」は、いうまでもなく「三十六人集」の中の一つである。「三十六人集」は、既に知られているごとく、藤原公任の「三十六人撰」に負っている。「三十六人撰」の成立は寛弘（一〇〇四～一〇一〇）に入ってからと思われるが、だからと言って「三十六人集」に含まれるすべての歌集が寛弘以後の成立というわけでは決してない。「三十六人集」としてまとめる前に、既にそれぞれの歌集が出来上がっていたと考えても何ら不都合はないのである。

いろいろと言う前に、私の結論から言おう。私は、流布本系の「小町集」も異本系の「小町集」も、十世紀のごく末期、あるいはどんなに遅くても十一世紀のごく初期には今のような形になっていたと思う。だから、流布本「小町集」の中で最も古い部分である第一部、あるいはそれに次ぐ第二部、そして必然的にその第二部より前に出来たこと明らかな異本系「小町集」の第一部は、それよりも前に出来あがっていたと見なければなるまい。

前置きはその程度にして、「小町集」の成立を十世紀の末から十一世紀のごく初めと考えた理由をあげてみよう。

まず、第一は、

① 「三十六人集」の中の他の集に十一世紀に入ってからの成立と断定されるものがまったくないと考えられることである。

「三十六人集」に含まれている私家集は、その歌人みずからが編纂した自撰家集と後の人が編纂した他撰家集とに大別されるが、「小町集」を含めて「業平集」「敏行集」「友則集」「興風集」「素性集」「遍昭集」「猿丸集」「柿本集」「赤人集」「家持集」などは他撰家集の中でも特殊なもので、当該歌人の作以外の歌を多数含んでいる。その中には勅撰集からの採歌としか考えられぬものも数多いが、不思議にも、「古今集」(九〇五年頃成立)「後撰集」(九五一年頃成立)からしかとられておらず、九九七年頃に成立した「拾遺抄」、およびそれを増補して一〇〇六年頃までに成立した「拾遺集」からはまったく採歌していないのである。

「小町集」を始め、三十六人集中の「他撰家集」は西暦千年前後に成立した「拾遺抄」「拾遺集」の影響を受けていないといったのであるが、影響ではなく、共通性ということになれば、「小町集」と「拾遺抄」「拾遺集」の関係は意外に深いのである。つまり、両者の前後関係は見られぬが、共に十世紀末から十一世紀ごく初めに成立したという共通的特徴は甚だ大なのである。

さきに「こゆるぎの磯」という歌枕の用法が村上朝の歌人の歌と非常によく似ている、「小町集」の「こゆるぎの磯」をよんだ歌も、その頃の、いわば流行の中に出来たのであろうと言ったが(一

郵 便 は が き

料金受取人払郵便

神田局
承認

1330

差出有効期間
平成 28 年 6 月
5 日まで

101-8791

504

東京都千代田区猿楽町 2-2-3

笠間書院 営業部 行

■ 注 文 書 ■

◎お近くに書店がない場合はこのハガキをご利用下さい。送料 380 円にてお送りいたします。

書名 冊数

書名 冊数

書名 冊数

お名前

ご住所 〒

お電話

読　者　は　が　き

●これからのより良い本作りのためにご感想・ご希望などお聞かせ下さい。
●また小社刊行物の資料請求にお使い下さい。

この本の書名＿＿＿＿＿＿＿＿＿＿＿＿＿＿＿＿＿＿＿＿＿＿＿＿

本はがきのご感想は、お名前をのぞき新聞広告や帯などでご紹介させていただくことがあります。ご了承ください。

■本書を何でお知りになりましたか（複数回答可）

1. 書店で見て　2. 広告を見て（媒体名　　　　　　　　　　）
3. 雑誌で見て（媒体名　　　　　　　　　　）
4. インターネットで見て（サイト名　　　　　　　　　　）
5. 小社目録等で見て　6. 知人から聞いて　7. その他（　　　　　　　　　　）

■小社 PR 誌『リポート笠間』（年 2 回刊・無料）をお送りしますか

はい　・　いいえ

◎上記にはいとお答えいただいた方のみご記入下さい。

お名前

ご住所　〒

お電話

ご提供いただいた情報は、個人情報を含まない統計的な資料を作成するためにのみ利用させていただきます。個人情報はその目的以外では利用いたしません。

一六頁参照)、そのうちの二首が「拾遺抄」「拾遺集」にとられているのは偶然ではない。つまり、

②「小町集」の歌には、村上朝的雰囲気の中で作られた歌が多く、「拾遺抄」「拾遺集」の撰歌
　傾向と共通するところが多い

というその要素を特徴としてとらえ得るのである。

「こゆるぎの磯」の場合に似た例として、流布本六八番(異本58番)の長歌の用語を見よう。まず、「袖のうらの　ひる時もなく」とあった「袖のうら」であるが、衣の「袖の裏」と地名としての「袖の浦」を掛けていることは言うまでもない。地名としての「袖の浦」は、「能因歌枕」や「和歌初学抄」に出羽の国とあり、現在の山形県酒田市の海岸と言われているが、勅撰集の初出は、「拾遺集」恋五・九六一のよみ人しらずの歌、

　君こふる涙のかかる袖の浦はいはほなりともくちぞしぬべき

であり、私家集においては「為信朝臣集」「斎宮女御集」「源兼澄集」「藤原実方集」「小大君集」などの「拾遺集」初出歌人の歌集、あるいは「中務集」「一条摂政集」など、「後撰集」にとられてはいるが「拾遺集」になって最も多くの歌がとられている歌人に圧倒的に多く用いられていることを思えば(『平安和歌歌枕地名索引』参照)、この語が、十世紀後半、すなわち「後撰集」から「拾遺集」の間に最も流行したことが知られるのである。

次は「いきの松原　いきたるに」とある「いきの松原」だが、「和歌初学抄」には筑後とあり、「八雲御抄」には筑前とあるこの地名も、勅撰集に最初によまれたのは「拾遺集」においてであ

る。

昔見しいきの松原こと問はば忘れぬ人もありと答へよ　（別・三三七・読人不知）

今日まではいきの松原いきたれどわが身のうさになげきてぞふる　（雑賀・一二〇八・藤原後生女）

の二首がそれであるが、特に後者の例は「小町集」の場合とまったく同じ続き方である。なお、私家集においても、「中務集」「安法法師集」「海人手子良集」「大弐高遠集」「実方集」「重之集」など「拾遺集」歌人の集に用いられている例が圧倒的に多い。ここでも、「後撰」から「拾遺」に至る間の和歌表現の流行と「小町集」の表現が深くかかわっていることを知るのである。

先にあげた「こゆるぎの磯」の場合に加えて「袖の浦」「いきの松原」において見たように、「小町集」の歌枕表現は、「後撰集」から「拾遺集」へ至る間の歌壇の流行と深くかかわっているのである。小町自身の歌を中核として、その周囲に新しく加えられていった歌どもは、西暦一〇〇〇年前後に成立した「拾遺抄」「拾遺集」と同時代、すなわち十世紀後半の制作にかかると考えられるのである。

現在の「小町集」は、このように流布本系も異本系も、おそらくは西暦一〇〇〇年前後に作られたと言ったのであるが、それから二百年、定家・家隆などが撰んだ『新古今集』には小野小町の歌として六首がとられている。今、その六首を検討すると、

木《こ》がらしの風にもみぢて人知れずうき言の葉のつもる頃かな　（雑下・一八〇二・小町集五二）

だけは流布本系の第二部、つまり小町の歌であるともないとも断じられない歌であるが、

あるはなくなきは数そふ世の中にあはれいづれの日まで歎かむ（哀傷・八五〇・小町集八一）

我が身こそあらぬかとのみたどらるれとふべき人に忘られしより（恋五・一四〇四・小町集八八）

吹き結ぶ風は昔の秋ながらありしにも似ぬ袖の露かな（秋上・三一二・小町集九五）

たれをかもまつちの山の女郎花秋と契れる人ぞあるらし（秋上・三三六・小町集九八）

の四首は「小町集」において他人の歌と考えられている第三部の歌であり、特に「あるはなく」の歌は、前述のごとく小大君の歌であり、小町の歌ではない。また、

あはれなりわが身のはてや浅緑つひには野辺の霞と思へば（哀傷・七五八・小町集一一五）

は、「又他本五首」と他本によって補われた第五部の歌であり、小町作ではないものである。「新古今集」が、実は小町作にあらざる歌、乃至は小町作とする可能性の非常に薄い歌を小町の作と信じて採歌したことは、とりもなおさず、定家や家隆などの「新古今」撰者たちが「小町集」をまさしく小町の歌集とし、「小町集」にある歌のすべてを小町の真作と信じ切っていたからにほかならない。そして、定家らが、かようにまで信じ切っていたということは、当時「小町集」が相当に古いものだと一般に考えられていたことを物語っている。

③元久二年（一二〇五年）にいちおうの完成を見た「新古今集」が古い作品としてひたすらに信じていたことから、その成立を二百年前の西暦一〇〇〇年頃をさかのぼるものと見るのは、

きわめて自然である

以上によって、私は、現在の「小町集」が、小町の死後百年以上をへた西暦一〇〇〇年前後に成立したと思うのであるが、逆に言えば、かような立場に立つことによってのみ、「小町集」を以下に述べるごとく、まことに無理なく、しかもまた興味深く読むことが出来ると思うのである。

III　「小町集」と小町説話

一　小町説話と謡曲

本書の冒頭にあげたアンケート調査をまつまでもなく、現代の我々が小野小町に対して抱《いだ》くイメージは、

①六歌仙の一人に数えられるほど優秀な歌人であった

ということのほか、

②絶世の美人であり、

③多くの男性から求められたが、強く男を拒み、深草の少将を百夜も通わせたと伝える一方、

④かなりの色好みであり、ずいぶん多くの男性と関係したともいわれる。

⑤だが、その華やかな生活も、年老いるとともに傾き、晩年はまことにあわれな様《さま》で諸国をさすらい歩き、老醜をさらした。

というふうにまとめられるであろう。

ところで、現在、我々がこのように抱いている小町のイメージは、たとえば「通《かよい》小町」「卒都《そと》婆《ば》小町」「関寺小町」などの謡曲、あるいは「小町草紙」をはじめとする物語草紙の類を中心とする中世の小町説話と深くかかわっていることは、誰しも思うとおりである。

実際、中世の小町説話は、我々の小町観に深い影響を与えている。だから、小町説話とか小町伝説とかいうと、すぐさま中世の文学作品を思い起こす。また小町の文学遺跡と伝える所は諸国

に多いが、その根拠は、おおむね中世以降のもの、それも謡曲である。小町説話の普及は謡曲の普及と深くかかわり合っているとさえ言えるのである。

市原小町寺の深草少将墓

市原小町寺の小野小町墓

二　小町と深草少将の遺跡

文学遺跡となって残ったりする小町伝説のもっとも代表的なものは、深草少将を百夜通わせたという謡曲「通《かよい》小町」である。

京都市左京区の出町柳《でまちやなぎ》から京福電車の鞍馬行に乗り、二軒茶屋もしくは市原で降りて二十分ほど歩くと、「天台宗如意山補陀洛寺」と小さく、「こまちでら」と大きく書いた寺院がある。その境内の墓地に小町の墓と深草少将の墓と称する供養塔がある。そのほかに小町姿見の井戸から、あなめあなめの薄《すすき》までである。

謡曲「通小町」には「市原野」とあるが、深草の少将という呼称からすれば、深草こそ本家、というわけで、伏見区深草、京阪電車墨染駅で下車したところにある欣浄寺（伏見大仏）にも、小町と少将の墓がある。そして、ここには姿見の井戸ならぬ小町姿見の池があり、立札には、

通ふ深草
百夜のなさけ
小町恋しい
涙の水は
今もわきます
欣浄寺

大きい方が深草少将の墓，小さい方が小町の墓，深草欣浄寺

という、西条八十作詞の「伏見小唄」の一節が書かれていた。

電車では、京阪の墨染駅から京都三条を経由して山科へ着き、さらにバスというようにずいぶん遠いが、直線距離だと、伏見区墨染の欣浄寺から北東へ進むこと五キロほど、東山区山科《やましな》の小野にある随心院は近い距離にある。仁海僧正の草創にかかるという真言宗小野派の大本山、門跡寺院であるが、小野という地名にふさわしく、小野小町の邸宅跡と伝え、小町化粧の井戸をはじ

め、深草少将など多くの貴公子から寄せられた千束《たば》のラブレターを埋めたという文塚《ふみづか》やラブレターを下貼りにして作ったという文貼《ふみはり》地蔵などもある。いずれも京都にあるゆえに、何だか由緒ありげに観光客を楽しませるが、かの秋田県雄勝町小野（三〇頁参照）に深草少将と小町の墳墓と伝えて存在する二つ森と、実質的には何ら変る所がないのである。

思わずと、深草少将と小町の遺跡めぐりになってしまったが、この話は、謡曲「通小町」によって、これほどまでに有名になっていたのである。

山科小野随心院山門，左の立札に小町文塚，化粧の井戸などの紹介がある。

三　こばむ小町——謡曲「通小町」の淵源——

深草少将と小町の遺跡がこれほどまでに多いということは、謡曲「通小町」の世界を歴史的事実と錯覚してしまったからである。では深草の少将とは誰か。「少将」を生かして「良少将」と呼ばれた良岑宗貞すなわち後の僧正遍昭だとか（本居内遠『小野小町の考』）、「深草」を生かして「深草の帝《みかど》」と呼ばれた仁明天皇だとか（黒岩涙香『小野小町論』）、実にいろいろの説があるが、「今、謡ニ作リタルヤウノコトハナシ。四位少将ノコトハ嘗テソノ沙汰ナキ人ナリ」（『槐記』享保十八

山科小野随心院・小町「文塚」

年四月八日）というのが、最も穏当な説だということである。

世阿弥《ぜあみ》の「申楽談儀《さるがくだんぎ》」によれば、この「通小町」の原型は、もと大和の唱導師が書いて金春権守が演じた能をもとにして世阿弥の父である観阿弥《かんなみ》が作ったものだということである。

洛北八瀬の山里に一夏を送る僧が、自分に対してひそかに木の実や妻木《つまぎ》をおくってくれる女性のあるのを不審に思い、その名をたずねると、市原野《いちはらの》のあたりに住むよしを言い、「跡弔ひ給へ」と言ってかき消すように失せてしまう。市原野には「秋風の吹くにつけてもあなめあなめ小野とは言はじ薄生ひけり」と小町の亡霊の声がすると聞き知って、これこそ小町、自分が跡を弔《とむら》って成仏させてやろうと市原野へ行き、菩提をとむらうと、案の定、小町が現れ、授戒を乞う。ところが、そこに深草の少将の霊も姿を現わし、小町を無明の世界へ引きとめようと邪魔だてする。僧が「これをのがれるためには過去を懺悔することによって罪障を消滅するほかはない、百夜通いのさまを語れ」と言うと、小町は、その苦難の夜々のことを、あらあらと語る。語りに語るままに、まことに懺悔滅罪、その恋の一念よく表れて、悟りの世界に入り、小町も深草の少将も、もろともに成仏を得たという話なのである。

いわゆる夢幻能の形をとっているために少将の百夜通いが回想の形で述べられるせいもあるが、それにしても、たとえば「おことは車の榻《しぢ》に百夜《ももよ》待ちし所を申させ給へ」とあって、車の榻《しじ》(車のながえをのせておく台)で百夜を明かしたことを暗示したりしてはいるが、ずいぶんと説明不足である。あえて言えば、この謡曲「通小町」は、既にあった深草少将の小町への百夜通い説話を前提として、いわば後日譚的に述べられていると見なければ理解出来ない感じである。だが、その原説話は、「通小町」以前の文献にまったく見られないのである。もっとも、一般的には、藤原清輔(一一〇四〜一一七七)の書いた「奥義抄」にある次の記事を引く。「古今集」恋五・七六一(よみ人しらず)の「あかつきの鴫《しぎ》の羽掻《はねが》き百羽《ももは》がき君が来《こ》ぬ夜は我ぞ数かく」という歌の注釈に関する記事がそれである。「奥義抄」は「歌論議」なるものを引いて説明しているのであるが、それによると、この「古今集」の歌は、

あかつきのしぎのはねがきももはがきかきあつめても
なげくころかな
あかつきのしぎのはしがきももよがききみがこぬよは
われぞかずかく

という二首の歌の上句と下句が続いてしまって一首になっ

小町と少将の墓と伝える秋田県雄勝町小野の二つ森

「通小町」かやうに心を尽くし尽くして，榻の数々よみて見たれば……

たのだと言い、続いて、この「しぢのはしがき」に関する一つの説話をあげるのである。

> 昔、あやにくなる女をよばふ男ありけり。こころざしあるよしをいひければ、女、こころみむとて、来つつ物言ひける所に榻《しぢ》を立てて、「これが上に、頻《しき》りて百夜臥《ももよふ》したらむ時、言はむことは聞かむ」といひければ、男、雨風をしのぎて、暮るれば来つつ臥《ふ》せりけり。榻《しぢ》の端《はし》に寝《ぬ》る夜の数をかきけるを見れば、九十九夜になりけり。「明日《あす》よりは何事もえ否《いな》びたまはじ」など言ひて帰りにけるに、親の俄かにうせにければ、その夜、え行かずなりにけるに、女のよみてやりける歌なり。

つまり、百夜目に来られなかったが、女は男の情に感じて「君が来ぬ夜は我ぞ数かく」とよんだというのである。

清輔は、続けて「これは、ある秘蔵の書に言へりと侍れど、確かに見えたることなし」と疑ってはいるが、しかし疑いながらも無視出来ないほどに当時有力な説であったとも言える。顕昭《けんしょう》の「袖中抄《しゅうちゅうしょう》」、定家の「僻案抄《へきあんしょう》」など、当時最高の歌学書が同じ説を引いているし、実作においても、まず藤原俊成（一一一四～一二〇四）がこれを典拠にして、

思ひきや榻《しぢ》のはしがきかきつめて百夜《ももよ》もおなじまろ寝せむとは　（「千載集」恋二・七七九）

とよんでいるのをはじめ、

百夜《ももよ》まであはでいくべき命かはかきもはじめじ榻のはしがき　（「続古今集」一〇六三・法印覚寛）

数へてもいつまでひとり待れけむ百夜もすぎぬ榻のはしがき　（「続千載集」一三一六・為世）

つらかりし百夜の数は忘られてなほたのまるる榻のはしがき　（「新千載集」一三四五・山本入道太政大臣）

偽りの数さへ見えて悲しきは来《こ》ぬ夜つもれる榻のはしがき　（「新千載集」一三四六・藤原為名）

など、中世においては例が多く、かなり広く知られていた本説《ほんぜつ》であったようだ。

また謡曲作曲に深い影響を与えている「古今和歌集序聞書　三流抄」をはじめ、中世の古今集注釈書にも、必ずといってよいほど、前掲の和歌説話が引かれている（拙著『中世古今集注釈書解題』一・二参照）。謡曲作者に限らず、少し和歌の教養があれば、誰でも思い起こし得る有名な説話であったと思うが、しかし、これに小町の名を付するものはまったくないから、前述のごとく後日譚的雰囲気をもった「通小町」の典拠と見るのはあたらない。百夜通いの女は、百夜目に男が来られなくなった時、「君が来ぬ夜は我ぞかく」とみずから代行していて、「通小町」の小町のイメージではない。小町の拒否の姿勢を示すために百夜《ももよ》通いの趣向だけをとり入れた原型の通小町説話があって、それを前提として謡曲「通小町」が出来あがったということであろう。

じっさい、小町の拒否の姿勢は、前にもあげた（五二頁）「平家物語」巻九に「みめかたち世にすぐれ、なさけの道ありがたかりしかば、みる人、きく者肝魂を痛ましめずといふことなし。されど心強き名をやとりたりけむ」とあり、「十訓抄」第二や「古今著聞集」第五に「よろづの男をば、いやしくのみ思ひくだし」とあり、さらに「玉造小町子壮衰書」に「壮《サカン》ナリシ時ニハ憍慢《ケウマン》最《モツトモ》甚《ハナハダ》シク」、「君臣ノ子孫ハ婚姻ヲ日夜ニ争ヒ、富貴ノ主客ハ伉儷《カウレイ》ヲ時辰ニ競《キソ》フ。然レドモ爺嬢《チチハハ》ハ許サズ、兄弟ハ諾《ウベナ》フコト無シ。唯《タダ》王宮ノ妃トシテ献ラムトイフコトノ議《ハカリゴト》ノミ有リテ、専《モツパ》ラ凡家ノ妻トシテ与ヘムトイフコトノ語《カタラヒ》ハ無シ」というように、一般の男を寄せつけないということにおいて既に平安末期から中世にかけて、一定のイメージをなしていたと考えられるのである。そのイメージが「榻のはしがき」の趣向と結びついたと見るわけであるが、これは、もはや、説話の原型といえるものではない。しいて言えば、淵源の一部をなしているというところであろうか。

ところで、これも淵源と言ってよいかも知れないが、このように小町が男を拒否し男を寄せつけないというイメージは、何時ごろから、どのようにして形成されたのであろうか。結論から先に言ってしまうと、既に「小町集」から存在しているということである。

みるめなき我が身をうらと知らねばやかれなであまの足たゆく来《く》る　（流布本二三・異本6）

などがそれであるが、「古今集」にも小町の歌として存し、流布本「小町集」でも第一部に位置していることを思えば、「小町集」の中でも最も古い段階から存在していたと思われるのである。解釈については先に述べたので（一〇一頁参照）くりかえさないが、小学館版日本古典文学全集『古今和歌集』において小沢正夫氏が炯眼にも「小町にこのような歌があるので、深草少将の百夜通《ももよがよ》いの説話が生まれたのだろうか」と言っていられることだけをつけ加えておこう。

人のわりなくうらむるに

あまの住む里のしるべにあらなくにうらみむとのみ人のいふらむ　（流布本一五・異本7）

これも「古今集」（七二七）に存する歌であるが、男を揄揶した感じがいっそう強くなっている。

ともすればあだなる風にさざ波のなびくてふごと我なびけとや　（流布本七四・異本16）

男を風にたとえ、我が身を波にたとえているのだが、この歌のように第二部の歌になると格調が乏しくなっている感じはする。おそらくは小町の歌でなく後人の作であろうが、小町の歌として「小町集」に存在して来たのだから、我々は（実在の小町という意味ではないが）小町の作として読む態度で進まなければならない。

人の「昔より知りたり」といふに

今はとて変らぬものをいにしへもかくこそ君につれなかりしか　（流布本六六・異本53）

異本系は「昔よりも心変りにけりといふ人に」とあってよくわかる。変ったとおっしゃるけれど、昔もこのようにあなたに対してつれなかったはず。知っているなどと、変なことおっしゃらないでください、とはねつけているのである。

あやしきことといひける人に

結びきといひけるものを結び松いかでか君にとけて見ゆべき　（流布本八・異本45）

結婚を誓いあっておりますのに、どうしてあなたにうちとけて会えましょうかの意。結婚を誓いあった人があるのに、その人に隠れてどうしてあなたにうちとけられましょうかと解する説が多いが、いかがであろうか。「君」はやはり夫となるべき人のことであろう。されば男は一人、「結ぶ」（契りを結び）と「解く」（うちとける）との言葉の上での対応関係を利用して、あせる男をはぐらかしているという感じである。

「古今集」にないこれらの歌は、「古今集」にある前掲の二首をもとにして、いわば延展したのであろうが、「小町集」の生成過程自体が既に平安時代における小町説話の生成を反映しているという私の立場に立つならば、謡曲「通小町」を頂点として、

そのわけも言はれず百夜通へなり
とは知らずあかずの門へ九十九夜
花の色は美しけれど実《み》にならず
小町には大社《おほやしろ》でも首ひねり

などという江戸時代の川柳へ至る核となった「拒否する女」という小町のイメージの淵源は、既に平安中期から存在していたということになろう。

四　不信――平安女性の恋歌の形――

男を強く拒む小町像の原型として「小町集」の和歌について述べたが、平安時代の宮廷女流の歌一般の中にこれを置いて見れば、男の求めを一度はねつけるというのは、特に目立った特徴ではなく、きわめて一般的な発想であり、表現であることが知られるのである。一夫多妻という結婚方式の下においては、結果的には儀式的なものになろうとも、男の愛情が自分だけに絶えることなく向っているのかどうか、いちおう拒否してみせることによって、それを確かめなければならなかったのである。

安倍の清行がかく言へる

つつめども袖にたまらぬ白玉は人を見ぬ目の涙なりけり

とある、かへし

おろかなる涙ぞ袖に玉はなす我はせきあへずたぎつ瀬なれば

（流布本三九・四〇・異本3・4）

「小町集」の本文では、ここで何故に「白玉」がよまれたのかわからないが、「古今集」恋二・五五六と五五七の贈答の詞書になると、かなりはっきりする。

下つ出雲寺に人のわざしける日、真静法師の導師にて言へりけることを歌によみて、小野小町がもとにつかはしける

安倍清行朝臣

とあって、おそらく経文によったのであろうということがわかるが、これは、はやく中世の古今集注釈に指摘があるように「法華経」の五百弟子受記品《ごひゃくでしじゅきほん》に見える「袖中の無価宝珠」という喩えを趣向にとっているのである。友達の家で酒に酔って寝てしまい、すばらしい宝の珠を友が袖の裏に縫いこめておいてくれたのも知らずに路用に窮したという話があるように、人々はすべてみずからに仏性があるのだが信仰が薄いゆえにそれを知らないだけだという教えがそれである。これによって、「袖の中に縫い込めよう、縫い込めようと努めても外へ出てしまう白玉、これはあの『法華経』のお話の珠とは違って、あなたにお会い出来ぬ悲しさから生じた私の涙の白玉なのだから、どうにもなりません」と清行はよみかけたのである。

それに対する小町の答え、「あなたのはいいかげんな気持から発した涙だから袖で玉になる程度なのです。私は今日のお説教にすっかり感激して、涙が、これこのとおり逆巻いて流れていますので袖でとめることなど出来るはずもありません」と、まさに手玉にとったという感じの返歌である。小町と会えない悲しみの涙の玉と言って来たのを、いちおう肯定したものの、それは「おろかなる涙」である。いいかげんな気持から発した涙だときめつけているのである。冗談まじりの社交的やりとりとも、揶揄とも、拒否ともとれるが、相手の言い分を否定しつつその真意を確かめようとする態度は、平安時代の女性たちの、一般的な歌のよみぶりであったといえる。

ながらへば人の心も見るべきに露の命ぞかなしかりける　（流布本八九・異本ナシ）

今までは調子よく、何やかやと言って来た男であるが、はたして、それが何時まで続くか。長く生きられるのであれば、何時までも変らないとおっしゃるあなたのお心がほんとうかどうか確かめられるのだが、どうせ露のようにはかない我が命、確かめられないのが残念です……と言っているのである。皮肉といおうか、揶揄といおうか、変らないという男の言葉を、はじめから信じない、信じられない女の姿勢がそこにはある。

浪の面《おも》を出《い》で入る鳥は水底《みなぞこ》をおぼつかなくは思はざらなむ　（流布本六七・異本57）

みずからを水底にたとえ、男を水鳥にたとえているのである。魚ならば常に水中に住む。しかし鳥は水面に浮んだり水中に入ったり、まさしく浮気なのである。あちらへ行ったりこちらへ来たりなさっているうちに、私のいる場所がどこだったかわからなくなったというようにならないでくだささい、というわけである。私だけを愛して、ひたすら愛の世界に沈潜してくださいと言っているのである。

男を拒むのは、男の愛が信じられるかどうかを確かめるための、いわば平安朝のインテリ女性がおのずからに身につけた習性であるといってもよいわけであるが、それが最も素直に出るのは、ほんとうに自分を愛してくれるという確証があるなら……と条件をつけて、「それなら会いましょう」と言う場合である。

我を君思ふ心の毛の末《すゑ》にありせばまさにあひ見てましを　（流布本二七・異本51）

我がごとく物思ふ心毛の末にありせばまさにあひみてましを　（流布本七六・異本51）

後者は第三部の末尾に他本で補ったのであろうが、初句が違うために既に二七番に存しているることに気づかなかったのであろう。私はあなたに会うことをただ拒否しているというわけではない。もっと誠意を持ってくださりさえすれば、つまり私を思うお気持が毛の末ほどでもあれば、まさに、今でもお会いしますのに……どうにもその点が確かめられず、ただちにお会いする気になれないのですと言っているのである。すべてはあなたのお気持次第というわけである。

ちはやぶる賀茂の社《やしろ》の神も聞け君忘れずは我も忘れじ　（異本63・流布本ナシ）

小町の歌でなく、馬内侍の歌であるが、異本系にこの歌が付加されたのも、同じ立場に立つ女の歌だからであろう。

あなたが忘れさえしなければ、私は永遠に忘れない。不変なる心を求める切実な気持ちが、意外に素朴なこの表現の中ににじみ出ているのである。馬内侍の歌であるが、「小町集」にあるかぎり、（実在の小町の歌という意味でなくて、説話上の、言い換えればイメージが増幅した）小町の歌として鑑賞すべきであろう。

男を信じ得ぬゆえに、いちおう拒否して男の真意を確かめようとする。一歩進んで、相手の男が、ほんとうに、他の女をかえりみずに自分に対して一途に燃えてくれるならば、自分もまた燃えようという発想は、小町の発想であると同時に、一夫多妻制の中における平安時代の女性一般の発想でもあった。だからこそ、小町の真作でない歌でも、このように小町の歌集に、小町的なものとして集積されたのだと思う。

男の情熱が確かめられると、女もまた、いわば徹底して情熱的になる。これがまた、一夫多妻制の中に、男を確保しようとする女の実存的な生き方にほかならなかった。だから、拒否と情熱は対立するものではなく、まさしく同根より生じた異なった現象に過ぎないのである。男の愛を確認しさえすれば、拒まねばならぬ理由など、何もないのである。

「対面しぬべくや」とあれば

みるめ刈るあまの行きかふ湊路《みなとぢ》になこその関も我はすゑぬを　（流布本五・異本60）

会ってくれるかと聞いて来た男に対する返事である。「みるめ刈るあま」は会う機会をつかみにくる男の意。「なこその関」は今の福島県いわき市、承和二年（八三五）に設置された関だが、もちろん「な来《こ》そ」（来るな）の意を掛けている。来てはいけないという関所など私は設けておりませんよと言っているのである。ことばだけの表面の意はまことに開放的、小町好色説話の生まれる所以である。

秋の田の仮庵《かりほ》に来ゐるいなかたの否《いな》とも人にいはましものを　（流布本六一・異本44）

「仮庵《かりほ》」は底本に「かりほ」と仮名で書いてあるので、「刈穂」をあてる説もあるが誤りである。「秋萩をかりほに作りいほりしてあるらむ君を見るよしもがな」（「古今六帖」第二）などとあるから、「カリイホ」が「カリホ」になったとして「仮庵」をあてるべきであろう。「百人一首」冒頭の「秋の田のかりほの庵のとまをあらみ我が衣手は露にぬれつつ」の「かりほ」も同じく「仮庵」で「仮庵《かりほ》の庵《いほ》」と語調を整えるべく重ね詞《ことば》にしているのである。秋、稲がみのるころ、その管理のために仮の庵を作って、そこで夜を明かすのであろう。

「いなかた」とは何か。おそらくは稲に寄って来る虫か鳥であろうが、「堤中納言物語」の「虫めづる姫君」において、姫君が使っている童《わら》べに、普通の名ではおもしろくないと言って「けらを、ひきまろ、いなかたち、いなごまろ、あまびこ」などと名をつけて召し使ったとあって、「いなかたち」の「ち」は、おそらく「を」の誤写、「いなかたを」であろうと思われるから、鳥ではなく虫だと私は思うのである。それはともかく、三句までは「いな」を導き出すための序詞。「否」などとは決して言っていないのに来てくれないと嘆いているのである。

長月の有明《ありあけ》の月のありつつも君し来まさば待ちこそはせめ　（流布本一〇二・異本ナシ）

「拾遺集」「古今和歌六帖」が人麿の作とし、「柿本集」にもある歌であるが、「小町集」では小町の歌として読めばよい。「長月の有明の月」は朝になって太陽がのぼってからも空に残っている月。あなたさえおいでいただけるなら、あの有明の月のように何時までもここにいてお待ちいたしましょうよ……というのである。何事も男次第、男の誠意次第ということである。

人と物言ふとてあけしつとめて、「かばかり長き夜に、何事を、よもすがらわびあかしつるぞ」とあいなうとがめし人に

秋の夜も名のみなりけりあひとあへばことぞともなくあけぬるものを

返し

長しとも思ひぞはてぬ昔よりあふ人からの秋の夜なれば

（流布本一二・一三・異本10・11）

「古今集」恋三に六三五・六三六と並んで出ている歌である。六三五の「秋の夜も」は小町の歌なので問題ないが、六三六の「長しとも」は小町より四〇年ほどの後の「古今集」撰者凡河内躬恒の歌である。「古今集」で「題しらず」として偶然に二首ならんでいた歌を、「小町集」では贈答に仕立てあげているのであって、流布本「小町集」の第一部が「古今集」以後に、「古今集」の影響を受けて成立したものであることを端的に物語っているのである。男と共に語らいあって一夜を過ごした朝、「今は秋、こんなに長い夜なのに、一夜中何を語って夜を明したのか」と、つまらなくもとがめた人に対して、「長いという秋の夜も、いわば名前だけ、心の底から愛しあって会ったから、わけもなく、まことにあっけなく明けてしまいました」と答えているのである。

相手の口さがない人（女か）もそれに納得したのか、本当に会う人次第の秋の夜、会う人によって長くもなり短くもなりますねと肯定したというわけである。もともと贈答歌ではないのだから、贈答歌特有の対立による盛りあがりもなく、つまらぬものになり終っているのも当然であるが、相手次第だと同じく言っている点、信ずる人、一途に求める人には、すべてを与える情熱的な小町のイメージが二首ながらよく表されているのである。

露の命はかなきものを朝夕に生きたるかぎりあひ見てしかな

（流布本四八・異本5）

夜お通いになるだけなんて物足りない。人間の命はどうせ露のようにはかないもの、朝といわず夜といわず、生きている限りずっとお会いしていたい。一夫多妻制下の女の燃焼が、まことによく表されているのである。

世の中は飛鳥川にもならばなれ君と我とが中し絶えずは　（流布本八四・異本ナシ）

「世の中は何か常なる飛鳥川昨日の淵ぞ今日は瀬になる」という有名な「古今集」の歌（雑下・九三三）を本歌にしている。飛鳥川の流れが毎日変化し、昨日の淵が今日は瀬となるように、世の中は変りやすいというのであるが、世の中なんて、無常でもよい。貴男と私の中だけが絶えなければそれでよいのだとは、まことに思い切った言い方をしたものである。平安時代の和歌をずいぶん広く見ているつもりの筆者も、このような歌はあまり知らない。まさしく情熱的、燃えに燃えている感じである。

人知れぬわれが思ひにあはぬ夜は身さへぬるみておもほゆるかな　（流布本四九・異本13）

はずかしくて人には言えぬことだが、我が思いのはげしさ、まさに火のごとく、あの男《ひと》に会えぬ夜は、自分自身の情熱で体がぬるみ、ほてるような感じがするというのである。抑えようもない思いと、女の性《さが》の悲しさを切々と歌いあげているのである。「思ひ」の「ひ」は、もちろん「火」を掛けている。

人にあはむつきのなき夜は思ひおきて胸はしり火に心焼けをり　（流布本二四・異本12）

「つき」は「月」と「つき（手段の意）」を掛ける。あの方に会える手段もない夜、偶然月も出ない暗い暗い夜だったのであろうか、まことに抑えがたい思ひ（「火」を掛ける）が起こって胸を走りめぐり、心が焼けているというのである。あまりに大げさな表現であるゆえに、「古今集」では誹諧歌（一〇三〇）に入れられているのであるが、以上のような流れの中で読めば、まことに切々たる思いが胸にせまってくるのである。

小町（もう繰り返さないと言いながら繰り返すことになるが、実在の小町でなく、「小町集」の歌の作者の小町、すなわち説話上の小町）が、これほどまでに思った人は誰だったのであろうか。本人だけではなく、その縁者まで恋しいと彼女は言っているのである。

武蔵野に生《お》ふとし聞けば紫のその色ならぬ草もむつまし（流布本八三・異本ナシ）

武蔵野の向ひの岡の草なればねをたづねてもあはむとぞ思ふ（流布本八五・異本ナシ）

両歌とも、「古今集」雑上・八六七の「題しらず　よみ人しらず」の

紫のひともとゆゑに武蔵野の草はみながらあはれとぞ見る

（ただ一本の紫草があるゆえに、広い武蔵野ぢゅうに生《は》えているすべての草に愛着が感ぜられる）という有名な歌を本歌にしている。この「古今集」の歌は、本来は武蔵野の草そのものに対する愛着をよんだものであろうが、「源氏物語」において、藤壺への許されぬ愛のはけ口を、その縁者にあたる紫の上に求めるというような人間関係、いわゆる「紫のゆかり」の象徴ともいえる歌になりおおせた。

この「小町集」の歌も、やはり人事面において解さねばならない。あの人に関係がある方だと聞くと、似ていない人でも他人とは思えぬという気持ちをよんだのが「武蔵野に生ふとし聞けば……」の歌であり、あの男《ひと》にゆかりのある方なのだから、何としてでもたずね出して会いたいと

思うというのが「武蔵野の向ひの岡の……」の歌である。光源氏は藤壺が許されぬ人であるゆえに紫の上を求めた。また後に女三宮を正妻に据えたのも彼女が藤壺と縁続きだったからである。また宇治十帖で、薫《かおる》が亡き大君の面影を求めて中君や浮舟を思うのも、大君のゆかり、紫のゆかりである。切に求める本体が得られない時、そのゆかりを形代《かたしろ》とするわけであるが、「小町集」で小野の愛する本体はどうなっているのか。本体を切に愛するあまり、そのゆかりの人をも他人とは思えないというだけなら、小町のやさしい気持の発露としてこの歌を解し得るが、後の「武蔵野の向ひの岡の」歌の場合、「ねをたづねてもあはむとぞ思ふ」(「あはれとぞおもふ」という本文もあるが「ねをたづねても」に相応せぬので用いない。「ん」→「れ」の誤写であろう)という言い方は、一方では、彼女の本来の彼《ひと》が既に彼女にとって得られぬ存在になっていた、そしてその形代として、ゆかりを求める形であったと感じさせるに十分である。彼女の恋の挫折がそこに見られ、男に捨てられた、あわれな小町の姿がそこに予見されるのであるが、見方を変えれば、自分の思う人が得られぬから、その縁者を求めるというのを、女の行動として見た場合(「紫草」はやはり女にふさわしく、これらの歌も本来は男の歌だったのであろうが、「小町集」にこのように存するかぎり女の歌として見るほかないから)、やはりいちじるしく特異な色好みの女性の姿を思わざるを得ないのである。小町好色説話が形成されるゆえんである。

五　「伊勢物語」の小町——好色説話の形成——

小町の好色的イメージを作りあげた最大な因は、「伊勢物語」、特に中世における「伊勢物語」のよみ方である。

「伊勢物語」二五段、

昔、男ありけり。「あはじ」とも言はざりける女の、さすがなりけるがもとに、言ひやりける。

秋の野に笹わけし朝の袖よりもあはで寝《ぬ》る夜ぞひちまさりける

色ごのみなる女、返し、

みるめなきわが身をうらとしらねばやかれなであまの足たゆく来《く》る

すでに何度かあげた歌だが（一〇一頁、一四二頁等参照）、「秋の野に……」は「古今集」恋三・六二二に業平朝臣の作として見え、「みるめなき……」の歌は同じく六二三に小野小町の作として並んでいる。共に「題しらず」の歌であって贈答歌ではない。流布本「小町集」一二番と一三番の贈答が「古今集」で偶然並んでいた小町の歌と躬恒の歌を利用したものである（一五〇頁参照）のと全く同じように、「古今集」で偶然並んでいた小町の歌を付加して女の返歌としてしまったのである。

「伊勢物語」の成立過程については、ここでくわしく述べる余裕もないので、拙著『伊勢物語の研究〔研究篇〕』（明治書院刊）などを参照していただきたいが、問題にしたいのは、既にあった部分に、「あはじとも言はざりける女の、さすがなりける」、すなわち「会わないでおこうとも言わないけれども、会おうともしない女」以下の文章を補った人は、この女を手練手管《てれんてくだ》に秀でた女と解したゆえか、「色ごのみなる女」としていることである。ところで、「伊勢物語」において小町の「みるめなき」の歌をよんだ女が「色ごのみ」だということになると、小町その人が色好みだということになってしまう。小町色好み説話は、おそらくここから生まれたのであろう。既に述べたように(一〇頁参照)、中世の代表的な「伊勢物語」注釈書である「冷泉家流伊勢物語抄」や「和歌知顕集」は、「伊勢物語」の中に登場するあらゆる人物の事蹟を実在人物のこととし、それぞれに実名をあてるのであるが、二五段・二八段・三七段・四二段のように、物語中に「色ごのみなる女」と明記されている女にすべて小野小町をあて、「色ごのみなる女」と記さずとも、「いささかなることにつけて」男をいやがって出て行った二一段の女、男から「ほととぎす汝が鳴く里のあまたあれば」と通《かよ》う男の多いことを皮肉られた四三段の女、夫の宮仕えの忙しさに我慢できずに、「まめに思はむ」という他の男の甘言に乗せられて九州まで流れて行った六〇段の女、同じく「はかなき人の言《こと》につきて」今の男から去って他国へ落ちて行った六二段の女、成人した三人の子を持ちながらまだ男を求める六三段のつくも髪の老女、せっかく契りながら、一方的にその契りを守らなかった一二二段の女……等々の、尻軽女に小野小町の名をあてているのである。

小町における好色のイメージは、既に「小町集」にその萌芽があったとはいえ、その形がはっきりするのは、以上のように中世の「伊勢物語」享受を通じてのことだったのである。

六 「うつろひ」の嘆き

「伊勢物語」二五段の「色好みなる女」の歌が、「古今集」の小野小町の歌を利用していたがゆえに、「伊勢物語」における色好み的な女はすべて小野小町のこととして中世には読まれていたと言ったのだが、「小町集」における色好み的イメージの方は、そんな簡単な、いわば偶然に類することに起因するのではなかった。結論的に言えば「小町集」における色好みのイメージは、いわば正反対の概念に属する「拒否の姿勢」、すなわち憍慢のイメージの場合と全く同じように、一夫多妻制の下での、平安時代の貴族の女性の一般的生き方の、実は一コマに過ぎず、そしてそれゆえに小町に限らず平安時代の貴族の女性一般の生き方をまざまざと反映しているのである。

男の真意をまず確かめようとする。これが最初のやりとりであるが、それを確かめる最も簡単な方法は、一度突き放して、もう一度求めて来るかどうかを見ることである。これが拒否の姿勢、憍慢のイメージとなるし、かくして結ばれた男を常に自分の手もとに引きつけていようと努力するのは、一夫多妻制のもとではまことに当然、いわば毎日毎日が戦いだったのである。受身の愛ではなく積極的な愛、実存的な愛を作りあげることによって男の愛情を確かめようとしているのである。男の愛をつかもうとしても、なかなかにつかみ切れないので、とにかく何らかの形で持続的に把握しておこうという態度になるわけである。

じっさい、男の心はあまりにも変りやすい、うつろいやすい。それをつなぎとめようとする女の努力のまさしくはかない時、そのうつろいゆく物、うつろいゆく人の心を詠嘆する歌が生まれるのである。そしてそれは、うつろいゆく男《ひと》をうつろいゆく人としてよみ、男女の間がらをいう「世」を、人の世、この世という形で表現するゆえに、単に当事者のみの詠嘆の域にとどまらずに、すぐれた歌として後代に伝えられるのである。

人の心かはりたるに
色見えでうつろふものは世の中の人の心の花にぞありける　（流布本二〇・異本35）

「うつろふ」は空間にも時間にも用いるが、「花」についていう場合は「色アセル」「散ル」などの意になる。普通の花ならば、蕾《つぼみ》から花咲き、色あせ、散ってゆく様《さま》が目に見えるわけだが、「人の心の花」は目に見えない。色の変り方が見えないままに変ってゆくのは、この「世の中」の人の心の花だと、「人の心」を花に凝していうのである。

ここでいう「世の中」は、世間とか現世とかいう意味にももちろんとれるが、より的確に解すれば、平安時代に例の多い「男女の間がら」の意にとるべきであろう。花が色あせて散ってゆくのが定めであるように、男の心が変ってゆくのもまた定めであるという詠嘆が、知性に裏うちされて流麗に表されている。「古今集」に小町作として存する歌（恋五・七九七）は、やはりすばらしいのである。

忘れぬるなめりと見えし人に
今はとて我が身しぐれにふりぬれば言《こと》の葉さへにうつろひにけり　（流布本三一・異本32）

これも「古今集」にある（恋五・七八二）小町の歌である。当時の和歌においては、「時雨」が降るゆえに木の葉が色変りすると、因果関係においてとらえていた。この歌の場合も「しぐれにふりぬれば」→「葉さへにうつろひにけり」という関係になっているわけであるが、肝心は「ふる」が「時雨が降る」と「経《ふ》る（年を経る、古くなる）」とを掛詞《かけことば》にしていることと、「うつろふ」葉が、ほかならぬ「言《こと》の葉《は》」だということである。我が身が年をとってしまったので、今はもうこんな女はごめんだと、お心の中だけではなく、お言葉までが、以前とはすっかり変って冷くなってしまわれたのですねと恨んでいるのである。

秋風にあふたのみこそ悲しけれ我が身むなしくなりぬと思へば
実《み》もなき苗の穂に文《ふみ》をさして、人のもとへやる　（流布本二一・異本41）

「苗の穂」という語例は他に知らぬが、稲のことであろう。実のなっていない稲に文《ふみ》をさして男のもとにおくる時によんだ歌である。

「秋風にあふ」は、女が男に飽きられることを掛《か》け、「たのみ」は「田の実」すなわち稲と、女が男を「たのみ」にする、たよりにするの意を掛けているのである。だから表面は「秋風にあう稲ほど悲しいものはない、せっかく稔ったものが駄目になってしまうと思うと」の意であるが、裏に言いたいことは、私を飽《あ》いている男をたよりにするほど悲しいことはない。結局は自分自身が傷つきはててしまうのだと思うから、ということである。男の心変りを諦観した空しさがそこにある。知性と抒情のまことに見事な融合、「古今集」（八二二）に小町の作として存する歌は、やはりすばらしいと思うと同時に、小町の晩年のあわれさというイメージ、言い換えれば落魄衰老説話の根源がこのようなところにあるのではないかと興味深く感ずるのである。

ある人、心変りて見えしに

心からうきたる舟に乗りそめて一日《ひとひ》も波に濡《ぬ》れぬ日ぞなき　小町」とある歌である。

（流布本二・異本47）

「後撰集」恋三（七八〇）に「男のけしきやうやうつらげに見えければ

「心から」は、自分の心から、自分から進んでの意。「うきたる舟」は、「さすらふる身は定めたる方もなしうきたる舟の波にまかせて」（「新古今集」大江匡房）とあるごとく、「定めなき」の比喩。「憂《う》きたる舟」を掛けているとも解せる。「小町集」の研究史の中で、今まであまりとりあげられていなかったが、いろいろな面（たとえば解釈文法の歴史においても）で注目し評価すべきものだと私が思っている津村東遠の『評釈小野小町の歌』（明治四四年一月・東京晴光館書店刊）の釈を参考にあげてみよう。

浮きたる舟の定めなきがごとく、心かろげなる人に、われからあひそめて、うちよするなみのまに〳〵、一日も袖のぬれぬ日なくて、げにやるせなき昨日今日かなと、やう〳〵かれゆく人の心を嘆きての詠なるべし。

とある。一首の意はまことにつくされているが、蛇足を加えれば、「波に濡れぬ」は「涙に濡れない」の意である。

前わたりし人に、誰ともなくてとらせたりし

空をゆく月の光を雲間《くもま》より見てや闇にてよははてぬべき　（流布本三・異本37）

「雲ゐより」という本文もあるが、「雲間より」の方に従った。「前わたりす」は、女のいる場所を男が素通《すどお》りすること。宮中の曹司の前を通ったとも解せるし、女の住んでいる邸宅の前を素通《すどお》りしたとも解せる。かつて関係のあった男が知らぬ顔で素通りしてゆくので、女も名をあらわさずに歌だけをとどけたのである。男を月の光に喩えている、おそらくそれほどにすばらしい人であったのだろう。表面は、空をわたってゆく月の光を雲のすき間からちらりと見ただけで、闇のままで一夜が終ってしまうのでしょうかの意だが、言いたいことは「物の間からちらりと見ただけで、結局お会いしないままで二人の関係を終ってしまうのか」ということである。「よ」は「夜」と「世」（男女の関係の意）を掛ける。「見でや闇にて」と解する日本古典全書『小町集』（朝日新聞社）などの説はいかがであろうか。

五月五日、菖蒲にさして、人に、

あやめ草人にね絶ゆと思ひしを我が身のうきにおふるなりけり　（流布本四六・異本1）

「うきと」とある本もあるが、「うきに」がよい。「ねたゆ」は菖蒲の根が絶えると「音絶《ね》ゆ」便《たよ》りがとだえるの意を掛ける。「うき」は、「泥《うき》」（どろ深い所）と「憂《う》き」を掛けること勿論である。「ね（根）」「うき（泥）」は「あやめ草」の縁語。一首の意は、「あなたにおいて、私に対する音信《たより》が途絶えてしまったと恨みに思っていたのだが、それはあなたのせいではなく、私自身の身の憂さゆえのものなのですね」ということになろうか。

わすれ草我身に摘まむと思ひしは人の心に生《お》ふるなりけり
（流布本七五・異本33）

人に忘れられると生えるという忘れ草が我が身に生えたらすぐに摘もうと思っていたのは誤りだった、忘れ草というものは忘れる方の心に生えるもの、どうしようもない、と言っているのである。男に棄てられまい棄てられまいとしながら、なおどうしようもない女の悲しみが簡潔な表現のなかによく表されていると思う。

来《こ》ぬ人をまつとながめて我がやどのなどかこの暮かなしかるらむ
（流布本四七・異本2）

男の心は去って、もはややって来ない。そんな男を待ちながらぼんやりと物思いにふけって戸外をながめている。ほんとうにこの夕暮というものはどうしてこんなに悲しいのだろうかと言っているのである。

「ながむ」は、いわば平安時代独特のことば（中世・近世にもあるが、平安文学の踏襲に過ぎない）、物思いにふけった様子で、何となく戸外・庭前に視線をやることである。男は来ぬか、おそらく来《き》はしないと思いながら、しかし待たざるを得ずに戸外をながめるのである。「やど」は「宿」よりも万葉時代にもっぱら用いられていた「屋戸」とする方があたる。「まつとながめて」という言い方、家のそばに松の木が生えている絵があって、その絵の中で邸内からぼんやりと外をながめている女の立場、つまり画中の人物の立場になってよんだとすれば、ピッタリする感じの表現であると思うが、いかがであろうか。小町の恋愛とか小町の生涯とかを描いた絵をともなった物語のようなものがあって、それから「小町集」が歌をとったなどといえば想像にすぎるであろうか。

霞たつ野をなつかしみ春駒のあれても君が見えわたるかな　（流布本六三・異本ナシ）

上三句は序詞、「春駒」は気が荒いので「荒れても」と言ったのである。同時に「ある」は「散《あ》る」（解散する。別れる。離れる）の意を掛ける、直訳すれば、「君が、ずっと離れている状態で見え続けることよ」というわけである。上三句を単なる序と見ないで、霞たつ春の野がなつかしいので春駒は荒れているのだが、あの方は反対に私から離れた状態でずっと見え続けるよと解することも出来る。いずれにしても男に去られた女の悲しみが、その異様な比喩によって生き生きと表現されているのである。

妻恋ふるさを鹿の音《ね》にさよふけて我が片恋をあかしかねつる　（流布本五九・異本34）

「さを鹿」は「牡鹿」のこと、「さ」は接頭語。次の「さよふけて」の「さ」も同じである。妻を恋うて鳴く牡鹿の声を夜ふけに聞いて、自分自身の片恋のあわれさをますます実感をもって反芻したというのである。

春雨の沢へ降るごと音もなく人に知られでぬるる袖かな　（流布本五五・異本24）

一首の意はまことに明らか。男に棄てられて、一人静かに、声も出さずに涙で袖をしとどに濡らしているというのである。「さは」は「沢」とも、「さはに」とある本文によって、「たくさんに」の意を含んでいるとももとれる。

小町が姉

枯れたる浅茅《あさぢ》に文《ふみ》さしたりける、返り言《ごと》に

時すぎてかれゆく小野の浅茅には今は思ひぞ絶えずもえける　（流布本七二・異本ナシ）

「古今集」恋五・七九〇には「小町が姉」の歌として見える。しかし、「小町集」にある限りは、この「小町集」の歌の作者として、かなり説話的になっている小町の歌として読みたい。こういう立場から、詞書の「小町があね」を細字として、後の注記と見なす扱いをしてみた。詞書をすなおにとれば、「枯れた浅茅に文《ふみ》をさしてあったその文の返り言としてよんだ」の意となろうが、「枯れた浅茅に文《ふみ》がさしてあったその文の中の歌、返り言としてよんだものである」というように「返り言に」を注記のようにも解せる。「かれゆく」は「枯れゆく」と「離《か》れゆく」を掛けたもの、「思ひ」の「ひ」は「火」を掛ける。生い茂る時期が過ぎて枯れてゆく小野の茅萱《ちかや》には、今は野焼きの煙が絶えず燃えています。愛し合った時期が過ぎて、あなたが離れて行かれた私の胸には今も思いが絶えず燃えておりますと言っているのである。男が去った後の荒涼たる雰囲気と未練たっぷりの女の様子がまざまざと感じられる。小町の姉の歌としてではなく、「小町集」において既に説話化されつつある小町の歌としてよむ時、いっそう興が深く、また胸にせまる。

ながれてとたのめしことは行末の涙の上をいふにぞありける　（流布本八〇・異本ナシ）

藤原仲文（九〇八〜九七八）の歌集の冒頭にある歌である。「懸想しはべりける女の契りてはべりけるがなくなりにければ、いとかなしくて、女のはらからのもとにいひやる」という詞書がついている。すなわち末々までの約束をした女が死んだので、悲しくて、その妹（あるいは姉）に贈った歌として出ている。小町よりかなり後代の仲文の歌を「小町集」が利用したのである。

「ながれて」は「白川の知らずともいはじ底清みながれて世々にすまむと思へば」（「古今集」六

九三）と同じく「永くあって」「幾久しく」の意と、涙が流れるという「流れて」を掛けているのである。永くいつまでも愛し合いたいと期待していたその言葉は、ほかならず、今のこの涙の流れていることをいうのであったと嘆いているのである。

よそにても見ずはありとも人心わすれがたみを見つつしのばむ　（流布本二八・異本50）

「人知れずわすれがたみを」「人知れぬわすれがたみを」とする本もあるが底本のままでも通じる。「人心わすれがたみ」は「忘れがたいので」の意。「わすれ難《がた》み」と「忘れ形見《がたみ》」とを掛詞ととるのである。「わすれ形見」は昔を忘れぬための記念物。遠く離れてお会いしないでいても、あの方のやさしいお心が忘れがたいので、あの方の残されたわすれがたみを何度も見ておしのびいたしましょうということである。帰って来ない男を、男の置いて行った物を見つつ偲んでいるのであって、特筆すべき歌ともいえぬが、女、すなわち実在の小町にあらぬ小町の孤愁がしみじみと感じられてくる。

かたみこそ今はあたなれこれなくは忘るる時もあらましものを　（流布本一一四・異本ナシ）

「古今集」恋四・七四六に「題しらず　よみ人しらず」とあるのを利用したのである。もはや二人の愛は完全に終った。この苦しみはまことにどうしようもない。思い出すのさえ苦しい。形見などを見ても堪え切れない。これがなければ、あの男のことを忘れられて、かえって楽になることもあるのに、それさえも出来ないと言っているのである。「まし」は事実に反する仮想の意を表す助動詞。実際は、全くどうしようもないほどに忘れられないのである。

七　秋のけしき――荒寥たる孤愁――

男に飽きられ、男に棄てられた女のわびしさは、秋には、ひときわまさる。

ながめつつ過ぐる月日も知らぬまに秋のけしきになりにけるかな　（流布本一〇四・異本ナシ）

男に棄てられ、何するともなくぼんやり外をながめて過ごすことの多くなったこの頃、何時になったら男が来てくれるかと日を数えることさえもなくなったこの頃、戸外も何時の間にか、飽きられた私と同じく秋一色、秋の景色になりにけるかなと、詠嘆しているのである。同じ歌であろうが、小相公本で補われた

別れつつ見るべき人も知らぬまに秋のけしきになりにけるかな　（流布本一一三・異本ナシ）

になると、何人もの男と別れ（「つつ」は動作のくりかえしをあらわす）、今や夫《おっと》として見るべき人もなくなった頃、あたり全体秋一色と、小町の生涯を説話的に表わすには、いっそうふさわしい歌になっているのである。

何時《いっ》はとは時はわかねど秋の夜ぞ物思ふことのかぎりなりける　（流布本四二・異本ナシ）

何時《いっ》とても恋しからずはあらねどもあやしかりける秋の夕暮　（流布本一〇一・異本ナシ）

前者は「古今集」秋上・一八九のよみ人しらずの歌、後者も同じく「古今集」恋一・五四六のよみ人しらずの歌である（多くの本は「秋の夕べはあやしかりけり」、基俊本は「あやしかりけり秋の夕べは」となっている）。「物思ふこと」「恋し」いことは常のことであるが、秋の夜は、それ

がいっそうつらく感じられるというのである

秋の夜、寝られぬままに月を見る。思い出すことが次から次へと浮んで、ますます寝られないのである。

秋の月いかなるものぞ我が心何ともなきに寝《い》ねがてにする　（流布本一一・異本43）

もちろん「何ともな」いわけではない。いろいろとある。しかし、あえて「何ともなきに」と言ったところに、彼女の心があるわけである。

あやしくもなぐさめがたき心かなをばすて山の月も見なくに　（流布本九六・異本ナシ）

不思議なほどなぐさめがたい我が心。「古今集」（雑上・八七八）の有名な古歌「我が心なぐさめかねつさらしなやをばすて山に照る月を見て」の歌のように「をばすての山の月」を見たのなら「なぐさめがたき」理由もわかるが、それも見ていないのだからと、あやしがる体《てい》にて、我が心のなぐさめがたさを詠嘆しているのである。

木の間《こま》よりもりくる月の影見れば心づくしの秋は来にけり　（流布本一〇六・異本ナシ）

言うまでもなく「古今集」（秋上・一八四）にある有名なよみ人しらず歌を用いているのである。素朴な表現の中に、秋の悲哀が静かにせまって来る感じであるが、架空の小町ではあっても、小町の口からためいきのように出た歌として鑑賞すれば、またいっそうの趣があると思う。

吹きむすぶ風は昔の秋ながらありしにもあらぬ袖の露かな　（流布本九五・異本ナシ）

露を吹き結ぶ秋の風、それは昔と少しも変っていないのに、昔とは比較にならぬほどしとどに結ぶ我が袖の露、涙であるよと歌っているのである。問題は秋の悲しさや秋のわびしさではない。やはり我が身である。「我が身の憂さ」である。

木枯《こがら》しの風にも散らで人知れず憂《う》き言《こと》の葉のつもる頃かな　(流布本五二・異本18)

秋も終り、荒涼と吹きすさぶ木枯しの風、まさに我が心の荒寥たるのと同じである。しかし、そんな木枯らしの風にも散らないで、憂き思いをよみこんだ言《こと》の葉《は》(和歌)のみが空しくふえてゆくよと詠嘆しているのである。「木枯らし」「散る」「言の葉」いずれも縁語である。

八　うき身は今や物忘れして

「憂《う》き言の葉」とあったが、この「憂《う》し」という語が「小町集」には非常に多い。

世の中の憂《う》きもつらきもつげなくにまづ知るものは涙なりけり　(流布本九四・異本ナシ)

「古今集」雑下・九四一に「題しらず　よみ人しらず」として存する歌であるが、一見してわかるように「うし」と「つらし」が対比されている。「うし」と「つらし」は似ているように見えるが、実はかなり異なっている。

「つらし」には相手がある。つまり、人から「つらく」あたられるのが「つらし」なのである。

かくばかりあふ日のまれになる人をいかがつらしと思はざるべき　(古今集・物名・四三三)

あはずして今宵あけなば春の日の長くや人をつらしと思はむ　(古今集・恋三・六二四)

というように「人を」「つらし」と思うのが本来の形である。「つらし」の原因はすべて相手にあるわけである。

それに対して「うし」は違う。「物うし」という言葉があっても「物つらし」という言葉がないことによってもわかるように、「うし」の方がはるかに気分的状態性が強い。相手によって「うし」となるのではなく、もっと本来的なものである。

身をうしと思ふに消えぬものなればかくてもへぬる世にこそありけれ

（古今集・恋五・八〇六）

涙のみ知る身のうさも語るべくなげく心をまくらにもがな

（後撰集・雑四・一二六九）

のごとく「身をうし」とか「身のうさ」とあり、さらに、

今日までといきの松原いきたれど我が身のうさになげきてぞふる

（拾遺集・雑賀・一二〇八）

のごとくに「わが身のうさ」とあることによってもわかるように、みずからの状態を指すというように考えるべきであろう。原因はすべてみずからにある。誰も恨めないという、いわばやるせのない憂愁がそれなのである。

「小町集」の歌にもどるが、「世の中」は、ここでも男女の間がらのことである。二人の関係が、わが身ゆえに憂きものだとも、相手のせいでつらきものだとも告げたわけでないのに、何よりも先にそれを知っているのは、涙である。ほれ、こんなに流れ落ちて来るよと言っているのである。

わが身には来にけるものをうきことは人の上とも思ひけるかな

（流布本五七・異本26）

過去においては、「憂《う》きこと」などは自分には全く関係のないことだと思っていたのに、今や「我

が身の憂さ」そのものになってしまったと言っているのである。ここでは、悩みもなく楽しかった過去と「我が身の憂さ」に泣く現在とがはっきりと対比されている。栄えたものが衰えるという小町変相の基本が既にここに表われているのである。

　心にもかなはざりける世の中をうき身は見じと思ひけるかな
（流布本五八・異本66）

一体、男女の間がらを含めて、人の世などというものは、自分の心のままになるものではなかった。それなのに、昔は、つらい思いをすることなどあるはずもないなどと思っていた、何と馬鹿だったかと反省しているのである。悩みもなく、いわばおおらかに慢心してすごした若き日と「今の憂《う》き身」がはっきりと対比されて、まことに小町のイメージにふさわしい歌となっているのである。

　卯の花の咲ける垣根に時ならでわがごとぞなく鶯の声
（流布本六〇・異本36）

「万葉集」以来、卯の花とともに歌によまれる鳥はほととぎすに決まっていた。ほととぎすは当時の暦で五月、鶯は一月、二月であるから、四月の卯の花に鶯が来るのは時期遅れである。

小町の（実在の小町という意味ではない）も鶯と同じく時代遅れ、棄てられた女、過去の女と自覚しているわけである。「時ならで」とあるように時期遅れであること、「わがごとぞなく」とあるように、みずからも悲しんでいるのであるが、注意すべきは、「卯の花」の「う」、「鶯」の「う」と「う（憂）」を重ねていることである。どうしようもない憂愁の中で、時期おくれの鶯によせてわが心をよんでいるのである。

われのみや世を鶯と鳴きわびむ人の心の花と散りなば　（流布本九二・異本ナシ）

「古今集」恋五・七九八の「題しらず　よみ人しらず」の歌であるが、「世を鶯」は「世を憂《う》……」と掛けているのである。「世」は今までにもあったように男女の間がら、この二人の間を憂きものとして鳴きわびているのは私だけであろう。あの人の私を思う心は、花のように散ってなくなってしまったのだからといっているのである。

千度《ちたび》とも知られざりけりうたかたの憂《う》き身はいまや物忘れして　（流布本六五・異本48）

みし人も知られざりけりうたかたの憂《う》き身はいまや物忘れして　（流布本八六・異本48）

本来は同じ歌であったものが、伝承のうちに異なる形になったのであろう。底本「うき身はいさや」とあるが、「いまや」とある本によって改訂した。たくさん知っていた男たち、千回も会ったかもしれない、また俺はお前を知っているぞと言われても、私はもう何も知らない。うたかたのようにはかない我が憂《う》き身、もう昔のことなどすっかり忘れはててしまったと言っているのである。「憂き身」はここに極まって、むしろ凄絶という感じさえする。

我が身こそあらぬかとのみたどらるれとふべき人に忘られしより　（流布本八八・異本64）

「うたかたの憂き身」は、もはや昔の男のことなどおぼえていないというのが前の歌であったが、昔の男のことどころか、我がみずからの存在さへ、もはや確認出来ない、つまり生きているという充足感など全くないと言っているのがこの歌である。絶望の底に潜んでしまって、絶望の底で、絶望とともにひそかに息をしている姿である。

世の中にいづら我が身のありてなしあはれとやいはむあな憂《う》とやいはむ
（流布本八七・異本ナシ）

「古今集」雑下九四三に「題しらず　よみ人しらず」として存する歌である。「古今集」の配列の中にあれば、「知識の範囲にとどまり、真に厭世的になっている歌ではあるまい」（小学館日本古典文学全集）という批評もあてはまるが、このようにして「小町集」の中におくと非常に実感のある歌に変るから不思議である。一体、この世における何処に我が身はあるのか、我が身は、あるといえばある、ないといえばない状態、この世のすべては仮《かり》のもの、あわれな身と称すべきか、あぁ憂《う》き我が身と称すべきか……と言っているのである。考えて見れば、今までに知り得た男との関係はもちろん、我が身そのものが夢のまた夢、有ると言えば有るし、無いと言えば無いと言える。三界に家なし、それもまた、よいと言えばよいし、つらいと言えばつらいと、やはり達観できない悩みがよく表されているのである。

世の中は夢かうつつかうつつとも夢とも知らずありてなければ
（流布本一〇九・異本ナシ）

これも「古今集」雑下・九四二に見える歌である。ほんとうに、身をもって感じられるこの世のはかなさ。人生の栄枯、花の開落、すべてこの世は空《くう》である。しかし生老病死、愛別離苦、怨憎悔苦は有るから、この世が有ることもまた確かである。つまり有ると言えば有る、無いと言えば無い、玄妙深甚、要するに、仮《け》なるものと観ずるほかはないということである。

このように、内容的には、仏教的・観念的であるが、その句調、世の中は夢かうつつか……うつつとも夢とも知らず……ありてなければ……というまさしくためいきにも似たその調べは絶妙である。これを「小町集」における小町の歌と見るならば、昔の恋と栄華を思い、今の孤愁落魄をなげいて物思いにふける姿までがイメージとして浮かんで来て、「古今集」における「題しらず」の歌として読む場合とは全く違った歌になるのである。

　　やよや待て山ほととぎす言《こと》づてむわれ世の中に住みわびぬとよ　（流布本七・異本ナシ）

「古今集」夏・一五二に「題しらず　三国の町」としてとられている歌である。真の作者は三国の町だが（この人については二一頁で述べた）、「小町集」の歌として読む場合には、小町の歌として読まなければならぬ。

　ほととぎすは死者の国から来る鳥だとされていた。「死出の山越えて来つらむほととぎす恋しき人のうへ語らなむ」（伊勢集・拾遺集）という歌、あるいは「死出のたをさ」とほととぎすを呼ぶ（古今集一〇一三）ことによっても、それは明らかである。「伊勢集」の歌は「あの世にいる恋しい人のことを語ってほしい」とほととぎすに問いかけているわけだが、「小町集」の歌の方は、その反対に、あの世にいる人に、自分がもうこの世に住みながらえるのが苦しくなったと伝えてほしいと言っているのである。小町の恋しい男は既にあの世へ行ってしまっているという設定であろうか。現世離脱の願いを、ほととぎすに託してあの世の人に伝えているのである。

　　見し人のなくなりし頃

　あるはなくなきは数そふ世の中にあはれいづれの日まで嘆かむ　（流布本八一・異本ナシ）

前にも言ったように、「栄花物語」(見はてぬ夢の巻)「為頼朝臣集」などによって、小大君の藤原為頼との贈答歌であったことが知られるが、小大君の歌の場合は下句が「あはれ何時まであらむとすらむ」(栄花物語)「あはれ何時まで生きむとすらむ」(為頼朝臣集)となっていて、「小町集」の「あはれいづれの日まで嘆かむ」とは異なっている。下二句の、しかもその一部分の相違だが、この相違は実に大きい。小大君の歌の場合は、「あらむとすらむ」にせよ「生きむとすらむ」にせよ、生きている者はなくなり、なくなった者が数をふやすこのはかない世の中に、ああ、自分だけが、一体何時まで生きていようとするのだろうか……の意であり、この世のはかなさを詠嘆した歌である。しかし「小町集」の歌になれば、生きている者はなくなり、なくなった者が数をふやす、このはかない人生において、昔の恋人がなくなったからと言って、一体何時まで嘆いていようとするのかとの意になる。小町の歌の方が冷いようだが、むしろ絶望感が強く凄絶である。どうしようもない、歎きようもないからと超越しようとして、しかしそれも出来ないのである。下句を少し改めただけで、ずいぶんと深くなっていると私は思う。

九　出離と「ほだし」

はかなしと言い、憂《う》しと言い、無常を歎くとなれば、この世の交わりを捨て、隠遁生活を志向することになろう。

住みわびぬ今はかぎりと山里に妻木こるべき宿もとめてむ　(「後撰集」業平)

身のうさのかくれがにせむ山里は心ありてぞ住むべかりける　（「山家集」西行）

などと同様に、「小町集」の小町もまた憂《う》き世を捨てて山里に隠れ住んだという設定になっている。真の小町の、真の歌にそうあるわけでないから実在の小町の事蹟ということではないが、以上のごとくに「小町集」を読んでくれれば、それは、当然そうあらねばならぬ必然的帰結というほかはない。そういう意味で「小町集」の小町は、実在の小町を離れて独歩し、しかも結果的に、実在の小町以上に小町的になっているのである。

山里は物のわびしきことこそあれ世のうきよりは住みよかりけり　（流布本一一一・異本ナシ）

「古今集」雑下・九四四の「題しらず　よみ人しらず」の歌をそのまま利用しているのであるが、小町の歌として見れば「世」が特別の意味、つまり男女の間の意を持ってくるように思う。

白雲のたえずたなびく峯にだに住めば住みぬるものにぞありける　（流布本九九・異本ナシ）

「古今集」雑下・九四五の惟喬親王の歌の利用である。世に棄てられて世を棄てて、白雲たなびく峯に住む、つまり安住し得る所はここにしかないということである。

ひぐらしの鳴く山里の夕暮は風よりほかにとふ人ぞなき　（流布本四三・異本ナシ）

しかし、山里はさびしい。人跡まったく絶えて「風よりほかにとふ人」はないとそのさびしさを歎いているのであるが、風のほかに来てほしいのは、いうまでもなく男である。「古今集」秋上・二〇五の「題しらず　よみ人しらず」の歌だが、小町の歌として「小町集」の一連の歌とともに読めば、このような読み方になる。

山里にて、秋の月を

山里に荒れたる宿を照らしつつ幾夜へぬらむ秋の月影　（流布本一〇・異本49）

山里の住まいが豪華であるはずはない。荒れはてた、あわれな宿である。秋の月はその荒れたる宿を「照らしつつ」、つまり何度も何度も照らしたのに対して「幾夜へぬらむ」と問うているのである。月に対して、「幾夜へぬらむ」と聞いているのであるが、実は、みずからが、このさびしい山里に住み、「幾夜へぬらむ」と自問する形でひとり詠嘆しているのである。

山里に住んだ小町に、それ以上のこと、すなわち尼になって仏門に入るというようなことがあったのだろうか。「小町集」には、

世の中をいとひてあまのすむ方《かた》はうきめのみこそ見えわたりけれ　（流布本九〇・異本ナシ）

という「後撰集」（雑四・一一九二）の小町姉の歌がとられている。既に何度も述べているように、他の集によって小町の歌でないとわかっていても「小町集」にある限りは小町の歌として理解すべきだから（実在の小町という意味でなく）、「小町集」の小町が「世の中をいとひてあま」になったともとれるし、あるいは小町の姉の歌であるゆえに、小町の姉が小町に贈った歌として「小町集」の素材になったとも解し得よう。「海人《あま》」と「浮き海布《め》」は縁語、「海人《あま》」に「尼」を掛け、「浮き海布《め》」に「憂《う》き目《め》」を掛けている。この俗世を棄てて尼になり、残る人生を送ろうとするのだが、それでもなお「憂《う》き目《め》」が見え続けている、どうしようもない気持ちが続いているというのである。

尼になったにせよならぬにせよ、あれほどに女そのもの、人間そのものであった小町のこと、山里に住んだからと言ってすぐ人間的な感情や意識を棄て去ってしまうことは出来ようはずがない。山里に住めば、当然のこと、花や紅葉を見て、彼女の美を求める心が動いたに違いない。また帰る雁を見て、俗世へ帰ることを思ったに違いない。そんな時、彼女の唇から、ふともれる嘆声は「あはれ……」であった。「あはれ」とは、うれしいことであれ、悲しいことであれ、しみじみと感情にしみこんでくる思いを嘆声のごとく発する言葉である。

あはれてふ言《こと》こそうたて世の中を思ひ離れぬほだしなりけれ　（流布本一〇八・異本ナシ）

「古今集」雑下九三九の歌。定家本系の「古今集」では小町の歌になっているが、元永本や六条家本の系統では、「よみ人しらず」になっている。流布本「小町集」でも、小町の歌ならざるものを集めた第四部に位置していることを思うと、「小町集」が編纂に用いた「古今集」においても「よみ人しらず」とあったと考えるべきであろう。

それはともかく、この歌の意、思わずと発してしまう「あはれ」という嘆声は本当にいやなもの、この「あはれ」という言葉こそ、私がこの世を捨てて捨て切れぬからめ綱のようなものなのだと言っているのである。俗世を捨てて花や月に心を遊ばせた西行も、花や月に執着しすぎることがまた仏道修行の障碍になると嘆いて次のようによんでいる。

花にそむ心のいかで残りけむすてはててきと思ふわが身に

木《こ》の葉散れば月に心ぞあくがるるみ山がくれにすまむと思ふに　（山家集）

また、西行と同様に前途多かる身を大原の奥に隠した唯心房寂然も、

ちぐさににほへる秋の野の　花はいづれも身にぞしむ　むなしき色ぞと思はねば　これゆゑ生死《しやうじ》にかへるなり　（唯心房集）

とよんでいる。世を捨てて花や紅葉の世界に遊んでも、今度は花や紅葉を愛してしまうことによってこの世に執してしまうと言っているのである。

「小町集」の歌の場合も同じである。この「世の中」を「思ひ離れ」よう、離俗しようとするのであるが、花や紅葉や月などの美しいものを見ると、つい「あはれ」という言葉を発してしまう。ますますこの世への執着が深くなってゆくと嘆いているのである。

あはれてふ言《こと》の葉ごとにおく露は昔をこふる涙なりけり　（流布本一一〇・異本ナシ）

この「あはれ」という言葉は、自然に対してだけ発せられるものではなかった。何かに感じて「あはれ……」という感動詞が発せられる時、つい思い出されるのは昔のこと、昔の華やかな世界である。あの時は、あの男《ひと》と……というような思いが胸一杯に広がり、涙となって流れ落ちる。「言の葉」の「葉」の縁で、葉に置く「露」をもって涙を比喩しているのである。なお、この歌も、「古今集」雑下（九四〇）に存するよみ人しらずの歌であるが、これを用いて「小町集」の歌にした編者の心には、華やかな過去をもちながら落魄したという小町像が既に前提としてあったとするほかはなかろう。

あはれなり我が身のはてよ浅緑つひには野辺の霞と思へば　（流布本一一五・異本ナシ）

ああ、まことに哀れ、我が身が死んで火葬の煙となって流れ、ついにはあの浅緑の野辺にたなびている霞のようになってしまうかと思うと……という歌である。

小町の晩年が悲惨をきわめたという小町衰老説話・落魄説話は、前述した「玉造小町子壮衰書」の影響もあって、中世以降、いろいろな形で文献に跡をとどめている。しかし、「小町集」をこのように読んで、その一首一首を鑑賞してゆく時、やはり、この「小町集」における「女であることゆえの憂《う》さ」を基盤にした孤愁こそが、いわば当時の女性一般の「身の憂《う》さ」を代表し象徴していたがゆえに、最もリアリティがあるように思う。そして、それは、流布本系「小町集」の、増補部分である第三部以下において特に著しいと思う。

流布本系「小町集」には極端な形の落魄説話の反映は見られない。たとえば、異本系に69番として増補されている。

冬、道ゆく人の「いと寒げにてもあるかな、世こそはかなけれ」といふを聞きて、ふと手枕《たまくら》の隙《ひま》の風だに寒かりき身はならはしのものにぞありける。

小町が、冬、道ゆく人から「ひどく寒そうだ、男運が悪いのだろう」と言われて、すぐに「男と共寝して手枕してもらった時でも、風が入って寒かった、私は寒いのに馴れているのです」とよんだり、野たれ死にして「あなめあなめ……」とよんだ（68番）というような極端な形での落魄説話は流布本系にはないが、異本系にない第三部・第四部・第五部の落魄をよんだ多くの作者不明歌や、明らかに小町ならざる人の歌が、小町の歌として読まれ鑑賞されると、まことにいきいきとしたリアリティを持つようになることは、既に述べ来った通りである。実在の小町の歌でなくても、小町的なものが、集の基層に脈々と流れているからにほかならない。

このように見て来ると、流布本系「小町集」は、異本系「小町集」の末尾のように、既に出来上がった形での小町説話の影響を受けていないにもかかわらず、歌集自体、あるいは一首一首の歌において、小町説話的であると認めざるを得ない。小町の歌であるか否か判定し得ぬ歌、そして明らかに小町の歌ではないと判定できる歌においても、その選択の基準が、まさしく小町説話的なのである。もっとも、現在の流布本系「小町集」には詞書を持たぬ歌も数多く、その生成の原動力となった小町説話と必ずしも直結していなかったかも知れない。流布本「小町集」四七番（異本2）の「来《こ》ぬ人をまつとながめて我がやどのなどかこの暮かなしかるらむ」に関連して、「家のそばに松の木が生えている絵があって、その絵の中で、邸内からぼんやりと外をながめている女の立場になってよんだとすれば、ピッタリする」と述べたこと（一六二頁）を思い出していただきたい。このように絵を伴なっていたとすればなおさらよいが、たとえ絵を伴なうことがないにしても、歌だけが独立して鑑賞されたのではなく、いわば歌物語的な場、つまり、小町の事蹟と歌が同時に知り得るような場に存在していた歌が「小町集」に採り入れられて残っているのではないかと思うのである。それは、ちょうど、『伊勢物語の研究〔研究篇〕』（昭和四三年・明治書院刊）などにおいて、私が明らかにした「業平集」諸本と「伊勢物語」との関係と同じである。「業平集」諸本が「古今集」「後撰集」「伊勢物語」から業平の歌、あるいは業平の作だと信じられていた歌を採取して編纂されたように、「小町集」も「古今集」「後撰集」のほか、小町を主人公とする物語や説話の類において小町作として伝承されていた和歌を拾い集めて編纂されたのだと私は思う。今日《こんにち》、それらの作品が残っていないのは非常に残念だが、逆に言えば、現在に残る平安末期や中世における小町説話と異なって、歌人小町にふさわしく歌を主体とした平安中期までの小町説話は、この「小町集」が今に存在しているゆえに、間接的ながら、その実態の一部分が我々の前に示されているとも言えるのである。

一〇　花の色はうつりにけりな――小町説話の原点――

以上、平安時代中期、すなわち西暦一、〇〇〇年前後に成立した流布本「小町集」の歌の背景に既に小町説話が存在していたことを明らかにして来たのであるが、その小町説話の根幹をなすものは、美しすぎるほど美しく憍慢にして男を寄せつけなかった小町が、年老い、男に捨てられて、孤愁に泣き、落魄したというストーリイ、言いなおせば、栄えるものは必ず衰えるということであり、美人憍慢説話と衰老落魄説話の組み合わせである。

他の説話、たとえば雨乞説話などは、後の能因法師などにもあり、いわばすぐれた歌人であれば、誰の話として存在していても不思議ではないが、美人憍慢説話と衰老落魄説話が組み合わさったこの形が、何故、小町だけにこのようにあるのか。その答えを求めるとすれば、流布本「小町集」の冒頭にあり、「古今集」春下（一一三）や「百人一首」などにも見える、あの小町の有名

な歌、

花の色はうつりにけりないたづらに我が身世にふるながめせしまに（流布本一・異本27）

の一首に、その淵源のすべてがあると思う。

ところで、この「花の色は」の解釈によって、大きく二説に分かれている。すなわち、「桜の花の色はあせてしまった」という表面の意のほかに、小町自身の容色がすっかり衰えてしまったという裏の意味を認めるべきだという説と、いや、それはいけない、あくまで桜の花の色だけを言っているのだと主張する説とに分かれているのである。

菱川師宣画『百人一首像讃抄』

後者の説、つまり、あくまでも「桜の花の色」だけを言うのであって小町の容色の意は含まないと説くのは、一代の碩学契沖阿闍梨《けいちゅうあじゃり》（一六四〇～一七〇一）が言い出したことである。「古今余材抄」「百人一首改観抄」などでそれを主張しているのだが、結論だけを言っていて、その理由は述べていない。しかし、おそらくは「春の部に入りたれば、ただ花の時ながめすごしたるとのみ見るべし」（賀茂真淵「続万葉論」）、つまり我が身の衰えを詠嘆したのなら雑の部に入るはず、春の下に入っているのは花のことだけを言っているからだと考えたからか、あるいは「我が容貌《かたち》を花によそへていふべくやは」（藤井高尚「古今和歌集新釈」）のごとく我が容貌を美しい花に喩えるのは常識に反するから桜の花のことだけを言っているに違いないと考えたからであろう。

「花の色はうつりにけりな」を、我が容貌が衰えたことの詠嘆と見ず、桜の花の色あせたことをよんでいるだけと解くのは、このように契沖に始まり、真淵（一六九七〜一七六九）宣長（一七三〇〜一八〇一）をへて、現代まで受けつがれているのであるが、契沖以前、つまり中世においては、「花の色」は、小町の容色を言うと解するのが普通であった。その最も極端なのは、宗祇（一四二一〜一五〇二）の「両度聞書」である。

心は、ただ我が身おとろふる事を花の色によそへていへるなり。我が身にながめせしまにとは、さらでも世にふるは、とやかくやと物おもふならひなるを、ことに好色の者なれば、世をも人をも恨みがちにて、うちながめて明け暮るるまに、おとろふる事を驚き歎く心なり。

この心、小町に限るべからずとぞ（後略）。

とある。このうち、「ただ」に、特に注意したい。「我が身おとろふる事を花の色によそへていへる」だけだと言い切り、さらに「……おとろふる事を驚き歎く心なり」とくりかえしているのである。ここでは、「花の色＝桜の花の色」という解は完全に奥に隠されてしまっている。

此歌は百人一首にも、これをのせられたり。小町が一生の姿、此歌なり。我が身を花に風してよめり。仁明天皇の御時、小野常澄が女なるが、はじめて出頭して、女御・更衣にものぼるべきかとおもひつるに、はかなき業平にほだされ、或はあまたのたはれ男にばかされて、遂に身の老ぬることは、花の盛りの雨にあへるがごとし。わが身世にふる長雨せしまにと也。泪《なみだ》の心なり。

という「延五記《えんごき》」（尭恵〈一四三〇～一四九八〉が尭孝〈一三九一～一四五五〉の説をまとめたもの）の説とともに、「花の色」に小町の容色をそのまま読みとる中世における「古今集」の理解を極端な形で代表しているといってよい。

しかし、いかに中世の説でも、その大半は、「桜の花の色」を表面のこととし、裏にみずからの容色の意を風したと解するのが普通であって、小町の容色だけを言うとするのは少なかった。宮内庁書陵部にある冷泉持為（一四〇一～一四五四）の説と伝える「古今集注」では、

心は、世の中のはかなきをながめふるまに、花の色はうつりかはれるとなり。所詮小町がいたづら事のながめに、花のまゆ、みどりの髪《かみ》も、程なく衰へたるよしなり。ながめは、世にふるといふ文字にすがりて霖雨の心をよせたり。心は詠の字なり。

と言っているし、玉信という僧が飛鳥井雅親（一四一六～一四九〇）の説をまとめた（拙著『中世古今集注釈書解題　四』参照）「古今栄雅抄」では、

花さかば尋ね見るべきと思ひしに、いたづらに我が身世にふる事の隙なくうちすぐる間に、長雨さへ降りぬれば花の色のうつろひぬるとなり。下の心、いたづらにわが身世に人をうらみかこち、うちながめたる間に、花の色なりし容貌《かたち》のおとろへぬると、我が身を花によそへてよめり。

と言っている。共に表の意味を桜花に、裏の意味を容貌にとっているのである。

以上に述べて来たことを中心に、小町の「花の色は……」の解釈を整理すると、中世（主として室町時代）には①容貌のこととするか、②桜花を表の意、容貌を裏の意にとるのが普通であったが、近世（江戸時代）の、それも契沖以後は③桜花のことだけと解する傾向が強く、近代においても③が中心（窪田空穂『古今和歌集評釈』など）、時々②の説をとる学者（金子元臣『古今和歌集評釈』・小沢正夫『小学館日本古典全集・古今和歌集』）もあるが、少数意見という感じである。

私の考えを結論として言えば、③の契沖以来の通説、つまり「桜の花の色」だけにとろうとする説もわからぬではない。「花の色は」と、他と区別する助詞「は」を用いて、「我が身世にふる」と対立させているからである。しかし、一方、それでは、次の「いたづらに」の扱いをどうするのか。まことに不思議なのは、桜の花の色だけとする③の説の支持者たちが、これを倒置法と解して、「いたづらに……うつりにけりな」というように「うつりにけりな」を修飾していると見ている（たとえば窪田空穂『古今和歌集評釈』など）ことである。「いたづらに」は「ムナシク」「何モ手ニツカヌママニ」の意で、論証過程は省略するが、平安時代においては常に人事的なことにかかわる「時の経過と結果」を表すのに用いられている。だから「いたづらに」が「うつりにけりな」を修飾すると見ることは、「うつりにけりな」に人事的な一面を附与することになる。とすれば、「うつりにけりな」の主語「花の色」に当然人事的な側面を認めねばならないことになるのではないか。そういうわけで、初句「花の色は」は、裏に小町の容色を暗示している、少なくとも

「いたづらに」まで読んで来た時には、そう思わざるを得ないと私は思うのであるが、次の「我が身世にふる」の段階になると、その点は一層はっきりする。雨が「世に降る」とは言わないから、この段階になると、「ふる」は当然「経《ふ》る」が表の意になっている。「我が身世に経る」である。「いたづらに」がここまで響いていると見てもよい。「世」はこの世の意でもよいが、宣長の「古今集遠鏡」のように男女の間のことと解すれば、いっそうおもしろい。「ながめ」は、前にもあったが、物思いにふけってぼんやりと戸外をながめやる様《さま》である。これも表面は人事である。「長雨《ながめ》」はその裏に隠されているのである。

このように「いたづらに」「我が身世にふるながめせしまに」から後は、すべての人事が表面に出て、「降る・長雨《ながめ》」という自然の方は完全に裏に隠されている。初句を「桜の花の色」と解して自然面だけに限って読んでも、「いたづらに」以下を読むと、再び人事的な面がおおいかぶさってくることを認めざるを得ないと思うのだが、いかがであろうか。

思わずと、この歌の解釈に深入りしてしまったが、私の立場からすれば、実はどちらの説でもよいのである。①②の小町の容貌の衰えを（少なくとも）含めて言っているという説にとれば「花のような容色が衰え、色あせてしまったなあ。男にかかずらって空しく年をとり物思ひにふけっている間に……」の意となるが、「花の色」を桜の花の色のことだけと解する立場に立っても、変りはないのである。下句はまさしく人事だけをよんでいるとしか解しようがないのだから、「男にかかずらって空しく年をとり、物思いにふけっている間に、降りしきる長雨のために桜の花は色あせ、散ってしまったよ」という詠嘆と解しても、作者小町の衰老落魄は十分に把握出来る。ただ中世の一般的理解が、「花の色」に容色を含めているということは、中世の前、すなわち平安時代においても、おそらくはそうであっただろうと思わせるに十分である。そして、また、その方が、小町のイメージの形成のためには、より都合がよいことも確かなのである。

「花の色はうつりにけりな」という小町真作の歌をしみじみと読むだけでも、我々は、美しく栄えたものが衰え枯れはてるという小町の説話的一生を十分に感得出来る。小町において、あのような一生が説話化されたのは、平安貴族社会における女の生のはかなさを詠嘆した、この「花の色は……」の歌に負うところが非常に大きかったと思うのである。

蛇足のようになるが、「花の色は……」の歌とともに、小町説話の形成に深くかかわっていると思われる小町真作の歌を、もう一首あげよう。

わびぬれば身をうき草の根を絶えてさそふ水あらばいなむとぞおもふ（流布本三八・異本31・古今集雑上九三八）

文屋康秀が三河の国の掾となって下向する時に、あなたも一緒に田舎へ行きませんかと問いかけたのに対する返歌である。前に述べたように（一九頁）、仁明天皇時代からの親しい関係を前提にした、いわば戯《たわむ》れ的贈答であり、窪田空穂が「恋の心を含んでのものではなく（中略）内輪を知り合っている者同志のいたわりに対しての甘え心の、誇張の伴なっているもの」（『古今和歌集評釈』）と評した、その的確さに、今さらながら畏敬の念をいただくものである。

この世に住み続けることは、もはや苦しくなったので、おさそいがあればどこへでもお伴いたしますよ、どうせ根が切れてあてどもなく流れてゆく浮草にも似た我が身なのですから……と言っているのである。戯れの応答であっても、まことにわびしく、悲しい歌である。三河掾と言えば七位か八位の卑官である。そんな康秀について行きましょうというぐらいだから小町もずいぶん零落していたと解する読者があっても当然である。これもまた小野小町落魄説話の形成に大いなる役割をはたしたであろうと思うのである。

文屋康秀、小町を年来《としごろ》言ひ侍りけれど、不聞なりにけるを、やうやくわるくなりにける時に、康秀三河掾になりて、「あがたみにはえいでたたじや」といひたりける返事《かへりごと》によめる

とは、平安時代の元永元年（一一二〇）に書写された「元永本古今集」における右の歌の詞書である。歌集の詞書であるのに、「文屋康秀」「康秀」と歌の作者でもない人物を二度も出しているのもおかしいが、「やうやくわるく」なったと言っているのは、いかにも説話的である。「わるし」とは、当時の用例に則して言えば、貧しくなるの意か、容貌がみすぼらしくなるの意であろう。どちらにしても小町落魄説話が既に平安時代に存していたことを明白に示していると言ってよかろう。なお、「尾張志」などによれば、尾張の国、海東郡甚目寺村新居屋に小町の墓があるという。三河に行く途中、尾張で死んだとしてのことであろう。

一一　むすびに代えて

小野と称する地名は全国に何か所あるだろうか。私が知っているごく狭い範囲でもかなりの数をあげ得るから、何十ではなく、おそらく何百という数にのぼるだろう。普通名詞が固有名詞になったのだから、どんなに数多くあっても不思議ではない。その数多い小野の中には、小野宮と呼ばれた文徳天皇第一皇子惟喬親王（八四四～八九七）との関係を伝える土地がかなりあってもよいし、小野小町との関係を伝える土地が多くあってもよい。また、柳田国男が例をあげているように（『桃太郎の誕生』『妹の力』『女性と民間伝承』）、その土地土地の薬師の霊験やら温泉の効能やらを説くために、皮膚の病がなおって元のように美しくなった小町の話を伝えることがあってもよい。しかし、このようにあちらこちらに小町の話が残っているのだから小町は本来一人の女性ではなく小町と称する女性は数多くいたのだと短絡したり、「小町」の「まち（町）」は「まつる」と同源で、小町は神を祭る女性の意の普通名詞であって小町と名のる女性はたくさんいたのだというような根拠なき論断をするのは困る。そのような結論自体はおもしろくても、ただそれだけのことである。そのように考えることによって、「古今集」の小町の歌がどれだけ深く味えるというのか、「小町集」の歌がどれだけおもしろく鑑賞出来るというのか。実証することだけが学問ではなく、仮説や推定は大いに結構であるが、仮説を設けることによって、推定を試みることによって、その現象（作品）の把握が従来とは異なったものになるのでなければ意味をなさぬ。従来の小町に対する数多くの論は、その意味では、全く不毛のお遊びというほかはないのである。

ところで、私は、この本の書名を『小野小町・その虚像と実像』としようかと思ったこともないわけではなかった。しかし、私は、最近はやりの、この「虚像と実像」という言葉があまり好きになれないのである。小町実作の歌だけを材料に、その歌から帰納される小町像を作りあげて、それだけを実像とし、それ以外の伝説や説話の小町を虚像として二分してしまうのが私には気に入らないのである。第一、今までの小町研究のほとんどすべては、「小町集」の歌全体、あるいは「新古今」「新勅撰」「続後撰」「続古今」「玉葉」「続千載」「続後拾遺」「風雅」「新千載」「新拾遺」「新後拾遺」「新続古今」などの中世の勅撰和歌集にとられている小町の歌をも小町の実作としていたのであるが、本書においてくわしく述べたようにそれは誤りである。これらの中世の勅撰和歌集は「小町集」から採歌したゆえに小町の歌なりと称しているに過ぎないし、「小町集」が小町説話の形成と既に深くかかわっていることも、以上に述べたごとくだからである。

このように、「小町集」の生成を小町説話の形成とかかわりあうものとしてとらえた点こそ、本書が従来の小町研究と異なっている第一の特徴であるが、かように見るなら、平安時代、しかも小町の死後百年ほどの間に、小町は既に説話化されつつあったことになる。そして、それは、あの「花の色はうつりにけりな……」とか「わびぬれば身をうき草の根を絶えて……」などの小町真作の歌から発し、その残り香や体温をそのままに保持している詠草の編纂・増補という形で形成されていったのである。そして、それはそれぞれの歌を小町真作と信じ、それぞれの事件を小町の事蹟として見る態度から、形づくられていったのである。小町作にあらざることが実証され得る歌でも、小町作と信じられて伝承されて来たのである。客観的には虚像であっても、伝承する人、享受する人にはまさしく実像以外の何物でもない。虚は実であり、実は虚であるゆえに、伝承されたのであり、またそれゆえに、あの小野小町は、今も我々の胸の中に生き続けているのである。小野小町追跡の終着点は、どうやら民族の心の中にあったようである。

付録　「小野小町集」二種

凡例

一、本書の趣旨を十分に理解していただくために「小野小町集」二種の本文をあげておく。

一、まず、流布本系統を代表させて正保四年刊の歌仙家集本を、異本系統を代表させて神宮文庫所蔵の中院通勝奥書本を、それぞれ『私家集大成』第一巻（明治書院・昭和48年刊）を底本にして収録した。

一、ただし、仮名づかいはすべて歴史的仮名づかいに統一し、句読点を付し、行を改め、さらに意味を解しやすくするため適当に漢字をあてるというような処理をしたほか、底本に明らかな誤写が存すると思われる部分については本文を整定した。

一、なお異本系統「小町集」の場合は本文の乱れはなはだしく、整定を試みるとなると、かなり大幅な本文改訂とならざるを得ないので、誤写のままに原態を存した場合がある。

一、正保四年歌仙家集本は、四二番の「いつはとは時はわかねど秋の夜ぞ物思ふことの限りなりける」の一首を欠くので、同系の他本によって補った。

一、流布本系には（異6）というように異本系の歌番号を、異本系には（流一七）というように流布本系の歌番号を、それぞれの歌の末尾に付して、参照に便ならしめた。

一　流布本系「小町集」

花をながめて

一 花の色はうつりにけりないたづらに我が身世にふるながめせしまに（異27）

ある人、心かはりて見えしに

二 心からうきたる舟に乗りそめて一日《ひとひ》も波にぬれぬ日ぞなき（異47）

まへわたりし人に、誰ともなくて取らせたりし

三 空を行く月の光を雲間よりみてや闇にて世ははてぬべき（異37）

かへし、朝《あした》にありしに

四 雲はれて思ひ出《い》づれど言の葉の散れるなげきは思ひ出もなき（異38）

「対面しぬべくや」とあれば

五 みるめ刈るあまの行きかふ湊路《みなとぢ》になこその関も我はすゑぬを（異60）

女郎花をいと多く掘りて見るに

六 名にしおへばなほなつかしみ女郎花折られにけりな我がなたてに（異56）

七 やよや待て山ほととぎす言《こと》づてむわれ世の中に住みわびぬとよ（異ナシ）

あやしきこといひける人に

八 結びきといひける物を結び松いかでか君にとけて見ゆべき（異45）

乳母の遠き所にあるに

九 よそにこそみねの白雲と思ひしに二人が中にはやたちにけり（異8）

山里にて、秋の月を

一〇 山里に荒れたる宿を照らしつついくよへぬらむ秋の月影（異49）

また

一一 秋の月いかなる物ぞ我が心なにともなきに寝《い》ねがてにする（異43）

人と物いふとてあけしつとめて、「かばかりながき夜に、何事をよもすがらわびあかしつるぞ」とあいなうとがめし人に

一二 秋の夜も名のみなりけりあひとあへばことぞともなく明けぬるものを（異10）

返し

一三 ながしとも思ひぞはてぬ昔よりあふ人からの秋の夜なれば（異11）

やんごとなき人のしのびたまふに

一四 うつつにはさもこそあらめ夢にさへ人目《ひとめ》つつむと見るがわびしさ（異14）

人のわりなくうらむるに

一五 あまの住む里のしるべにあらなくにうらみむとのみ人のいふらむ（異7）

夢に人の見えしかば

一六 思ひつつ寝《ぬ》ればや人の見えつらむ夢と知りせばさめざらましを（異19）

これを人に語りければ、「あはれなりけることかな」とある、かへし
一七 うたたねに恋しき人を見てしより夢てふものはたのみそめてき（異28）
返し
一八 たのまじと思はむとてもいかがせむ夢よりほかにあふ夜なければ（異29）
一九 いとせめて恋しき時はむばたまの夜の衣をかへしてぞ着る（異30）
人の心かはりたるに
二〇 色見えでうつろふものは世の中の人の心の花にぞありける（異35）
実《み》もなき苗の穂に文をさして、人のもとへやる
二一 秋風にあふたのみこそかなしけれ我がみむなしくなりぬとおもへば（異41）
人のもとに
二二 わたつうみのみるめは誰かかりはてし世の人ごとになしといはする（異17）
つねに来れど、えあはぬ女の、うらむる人に
二三 みるめなき我が身をうらと知らねばやかれなであまの足たゆく来《く》る（異6）
二四 人にあはむつきのなき夜はおもひおきて胸はしり火に心焼けをり（異12）
二五 夢路《ゆめぢ》には足もやすめずかよへどもうつつに一目《ひとめ》見しごとはあらず（異21）
二六 風間《かざま》まつあましかづかばあふことのたよりになみはうみとなりなむ（異42）
二七 我を君思ふ心の毛《け》の末《すゑ》にありせばまさにあひ見てましを（異51）

二八 よそにても見ずはありとも人心わすれがたみをみつつしのばむ（異50）

二九 宵々《よひよひ》の夢の魂《たましひ》足たゆくありても待たむとぶらひに来よ（異59）

井手の島といふ題を

三〇 おきのゐて身を焼くよりもわびしきはみやこしまべの別れなりけり（異ナシ）

忘れぬるなめりと見えし人に

三一 今はとて我が身しぐれにふりぬれば言《こと》の葉《は》さへにうつろひにけり（異32）

返し

三二 人を思ふ心木《こ》の葉にあらばこそ風のまにまに散りもまがはめ（異ナシ）

定まらずあはれなる身をなげきて

三三 あまの住む浦こぐ舟のかぢをなみ世をうみわたる我ぞかなしき（異52）

石上《いそのかみ》といふ寺に詣でて、日の暮れにければ、明けて帰らむとて、「かの寺に遍昭あり」と聞きて、心見にいひやる

三四 岩の上に旅寝をすればいと寒し苔の衣を我にかさなむ（異54）

返し

三五 世をそむく苔の衣はただ一重《ひとへ》かさねばうとしいざ二人《ふたり》寝む（異55）

中絶《なかた》えたる男の、忍びて来て隠れて見けるに、月のいとあはれなるを見て、寝むことこそくちをしけれと簀子《すのこ》にながむれば、男「忌《い》むなるものを」といへば

三六 ひとりねのわびしきままに起きゐつつ月をあはれと忌《い》みぞかねつる（異ナシ）

「忘れやしにし」とある君達《きんだち》ののたまへるに

三七 みちのくの玉造江に漕ぐ舟のほにこそいでね君をこふれど（異ナシ）

康秀が三河になりて、「県見《あがたみ》にはいでたたじや」といへる返《かへり》ごとに

三八 わびぬれば身をうき草の根を絶えてさそふ水あらばいなむとぞおもふ（異31）

安倍清行《あべのきよゆき》がかくいへる

三九 つつめども袖にたまらぬ白玉《しらたま》は人を見ぬ目の涙なりけり（異3）

とある、返し

四〇 おろかなる涙ぞ袖に玉はなす我はせきあへずたぎつ瀬なれば（異4）

四一 みるめあらばうらみむやはとあまとはばうかびて待たむうたかたのまも（異39）

（四二） いつはとは時はわかねど秋の夜ぞもの思ふことのかぎりなりける（異ナシ）

四三 ひぐらしの鳴く山里の夕ぐれは風よりほかにとふ人ぞなき（異ナシ）

四四 百草の花のひもとく秋の野に思ひたはれむ人なとがめそ（異ナシ）

四五 漕ぎ来《き》ぬやあまの風間も待たずして荷楔《にくさび》かけるあまのつり舟（異ナシ）
（以上第一部）

五月五日、菖蒲《さうぶ》にさして、人に

四六 あやめ草《ぐさ》人にね絶ゆと思ひしを我身のうきに生《お》ふるなりけり（異1）

四七　来《こ》ぬ人をまつとながめて我が宿のなどかこの暮かなしかるらむ（異2）

四八　露の命はかなきものを朝夕にいきたるかぎりあひみてしかな（異5）

四九　人知れぬわれが思ひにあはぬま《よ》は身さへぬるみておもほゆるかな（異13）

五〇　恋ひわびぬしばしも寝ばや夢のうちに見ゆればあひぬみねば忘れぬ（異9）

五一　物をこそいはねの松も思ふらめ千代ふる梢《すゑ》もかたぶきにけり（異15）

五二　木がらしの風にも散らで人知れずうき言の葉のつもる頃かな（異18）

五三　夏の夜のわびしきことは夢にだに《さへ》見るほどもなくあくるなりけり（異20）

五四　うつつにもあるだにあるを夢にさへあかでも人の見えわたるかな（異23）

五五　春雨の沢へ降るごと音もなく人に知られでぬるる袖かな（異24）

　四の親王《みこ》のうせたまへるつとめて、風吹くに

五六　今朝よりはかなしの宮の山風やまたあふさかもあらじと思へば（異25）

五七　我身には来にけるものをうきことは人の上とも思ひけるかな（異26）

五八　心にもかなはざりける世の中をうき身は見じと思ひけるかな（異66）

五九　妻こふるさをしかの音《ね》に小夜ふけてわが片恋をあかしかねつる（異34）

六〇　卯《う》の花の咲ける垣ねに時ならでわがごとぞ鳴く鶯の声（異36）

六一　秋の田の仮庵《かりほ》にきゐるいなかたの否《いな》とも人にいはましものを（異44）

　井手の山吹を

六二 色も香もなつかしきかな蛙《かはづ》なく井手のわたりの山吹の花（異40）
六三 霞たつ野をなつかしみ春駒のあれても君が見えわたるかな（異ナシ）
六四 難波江《なにはえ》につりするあまにめかれけむ人も我がごと袖や濡るらむ（異46）
六五 千度《ちたび》とも知られざりけりうたかたのうき身はいまや物忘れして（異48）
　人の「昔より知りたり」といふに
六六 今はとて変らぬものをいにしへもかくこそ君につれなかりしか（異53）
六七 波の面《おも》を出で入《い》る鳥はみなそこをおぼつかなくは思はざらなむ（異57）
　「あしたづの雲井の中にまじりなば」などいひてうせたる人のあはれなるころ
六八 ひさかたの　空にたなびく　うき雲の　うける我が身は　露草の　露の命も　まだ消えで　思ふことのみ　まろこすげ　しげさぞまさる　あらたまの　ゆく年月《としつき》は　春の日の　花の匂ひも　夏の日の　木《こ》の下蔭《したかげ》も　秋の夜の　月の光も　冬の夜の　時雨の音も　世の中に　恋も別れも　うきことも　つらきも知れる　我が身こそ　心にしみて　袖のうらの　ひる時もなく　あはれなれ　かくのみ常に　思ひつつ　いきの松原　生きたるに　長柄の橋の　ながらへて　瀬にゐる鶴《たづ》の　島渡り　浦漕ぐ舟の　ぬれわたり　何時《いつ》か憂《う》き世の　荷裲《にくさみ》の　わが身かけつつ　かけ離れ　何時《いつ》か恋しき　雲の上の　人にあひ見て　この世には　思ふことなき　身とぞなるべき（異58）
　日の照りはべりけるに、雨乞ひの和歌よむべき宣旨ありて

六九　ちはやぶる神もみまさば立ち騒《さわ》ぎ天《あま》の門川《とがは》の樋口《ひぐち》あけたまへ（異61）

遣水《やりみづ》に菊の浮きたりしに

七〇　滝の水木《こ》の下《もと》近く流《なが》れずはうたがた花もありとみましや（異62）

七一　かぎりなき思ひのままに夜も来《こ》む夢路《ゆめぢ》をさへに人はとがめじ（異22）

枯れたる浅茅《あさぢ》に文《ふみ》さしたりける、返《かへ》り事《ごと》に

七二　時《小町があね》すぎてかれゆく小野の浅茅《あさぢ》には今は思ひぞ絶えずもえける（異ナシ）

あだ名に、人の騒《さわ》がしう言ひ笑ひける頃、言はれける人のとひたりける返事《かへりごと》に

七三　うきことをしのぶるあめの下にしてわが濡衣《ぬれぎぬ》はほせど乾《かわ》かず（異ナシ）

七四　ともすればあだなる風にさざ波のなびくてふごと我なびけとや（異16）

七五　忘草我身につまむと思ひしは人の心におふるなりけり（異33）

七六　我がごとく物思ふ心毛の末にありせばまさにあひ見てましを（異51）

陸奥国《みちのくに》へ行く人に、「いつばかりにか」と言ひたりしに

七七　みちのくは世をうき島もありといふを関こゆるぎのいそがざらなむ（異67）

（以上第二部）

定めたる男もなくて心ぼそき頃

七八　須磨のあまの浦こぐ舟の楫《かぢ》よりもよるべなき身ぞかなしかりける（異ナシ）

いかなりしあかつきにか

七九　ひとり寝《ね》の時は待たれし鳥の音《ね》もまれにあふ夜はわびしかりけり（異ナシ）
八〇　ながれてとたのめしことは行末の涙の上をいふにぞありける（異ナシ）

見し人のなくなりし頃

八一　あるはなくなきは数そふ世の中にあはれいづれの日まで嘆かむ（異ナシ）
八二　夢ならばまた見る宵もありなましなになかなかのうつつなりけむ（異ナシ）
八三　武蔵野に生ふとしきけば紫のその色ならぬ草もむつまし（異ナシ）
八四　世の中は飛鳥川《あすかがは》にもならばなれ君と我とが中し絶えずは（異ナシ）
八五　武蔵野のむかひの岡の草なればねをたづねてもあはむとぞおもふ（異ナシ）
八六　見し人も知られざりけりうたかたのうき身はいまや物忘れして（異48）
八七　世の中にいづら我が身のありてなしあはれとやいはむあなうとやいはむ（異ナシ）
八八　我が身こそあらぬかとのみたどらるれとふべき人に忘られしより（異64）
八九　ながらへば人の心も見るべきに露の命ぞかなしかりける（異ナシ）
九〇　世の中をいとひてあまのすむかたはうきめのみこそ見えわたりけれ（異ナシ）
九一　はかなくて雲となりぬるものならば霞まむ空をあはれとは見よ（異ナシ）
九二　我のみや世をうぐひすとなきわびむ人の心の花と散りなば（異ナシ）
九三　はかなくも枕さだめずあかすかな夢がたりせし人を待つとて（異ナシ）
九四　世の中のうきもつらきもつげなくにまづ知るものは涙なりけり（異ナシ）

九五　吹きむすぶ風は昔の秋ながらありしにもあ《に》らぬ《ぬ》袖の露かな（異ナシ）
九六　あやしくもなぐさめがたき心かなをばすて山の月も見なくに（異ナシ）
九七　しどけなき寝《ね》くたれ髪を見せじとやはたかくれたる今朝の朝顔（異ナシ）
九八　誰《たれ》をかも待乳《まつち》の山の女郎花秋と契れる人ぞあるらし（異ナシ）
九九　白雲のたえずたなびく峯にだに住めば住みぬるものにぞありける（異ナシ）
一〇〇　紅葉せぬ常盤の山は吹く風の音にや秋を聞きわたるらむ（異ナシ）

（以上第三部）

他本歌十一首

一〇一　何時《いつ》とても恋しからずはあらねどもあやしかりける秋の夕暮（異ナシ）
一〇二　長月の有明《ありあけ》の月のありつつも君し《き》もまさば待ちこそはせめ（異ナシ）
一〇三　浅香《あさか》山影《やまかげ》さへ見ゆる山の井の浅くは人を思ふものかは（異ナシ）

長雨を

一〇四　ながめつつ過ぐる月日も知らぬ間《ま》に秋のけしきになりにけるかな（異ナシ）
一〇五　春の日の浦々ごとを出《い》でて見よ何わざしてかあまは過ぐすと（異ナシ）
一〇六　木《こ》の間よりもりくる月の影見れば心づくしの秋は来にけり（異ナシ）
一〇七　天《あま》つ風《かぜ》雲吹きはらへひさかたの月のかくるる道まどはなむ（異ナシ）
一〇八　あはれてふことこそうたて世の中を思ひはなれぬほだしなりけれ（異ナシ）

一〇九　世の中は夢かうつつかうつつとも夢とも知らずありてなければ　（異ナシ）

一一〇　あはれてふ言《こと》の葉ごとにおく露は昔を恋ふる涙なりけり　（異ナシ）

一一一　山里は物のわびしきことこそあれ世のうきよりは住みよかりけり　（異ナシ）

（以上第四部）

又、他本五首　小相公本也

一一二　小倉山《をぐらやま》消えしともしの声もがなしかならはずはやすく寝なまし　（異ナシ）

一一三　別れつつ見るべき人も知らぬまに秋のけしきになりにけるかな　（異ナシ）

一一四　かたみこそ今はあたなれこれなくは忘るる時もあらましものを　（異ナシ）

一一五　はかなし《あはれなり》や我が身のはてよあさみどり野辺《つひにはのべの》にたなびく霞と思へば　（異ナシ）

一一六　花咲きて実《み》ならぬものはわたつうみのかざしにさせるおきつ白波　（異ナシ）

二　異本系「小町集」

五月五日、人に

1　あやめ草人にも絶ゆと思ひしは我が身のうきにおもふなりけり（流四六）

2　来《こ》ぬ人をまつとながめて我が宿のなどてこの暮《くれ》かなしかるらむ（流四七）

つつむことはべるべき夜、むねゆきの朝臣

3　つつめども袖にたまらぬ白玉は人を見ぬ目の涙なりけり（流三九）

かへし

4　おろかなる涙ぞ袖に玉はなす我はせきあへずたぎつ瀬なれば（流四〇）

5　露の命はかなきものを朝夕に生きたるかぎりあひ見てしかな（流四八）

常に恨むる人に

6　みるめなき我が身をうらと知らねばやかれなであまのあしたゆく来《く》る（流二三）

おなじ頃

7　あまのすむ里のしるべにあらねどもうらみむとのみ人のいふらむ（流一五）

乳母《めのと》の遠き所なりしに、つかはしし

8　よそにこそ八重の白雲と思ひしか二人《ふたり》の中にはや立ちにけり（流九）

9　恋ひわびぬしばしねなばや夢のまも見ゆればあひぬ見ねば忘るる（流五〇）

10 秋の夜も名のみなりけりあひあへばことぞともなく明けぬるものを（流一二）

かへし

11 長しとも思ひぞはてぬ昔よりあふ人からの秋の夜なれば（流一三）

12 人にあはでねられぬ宵は起きゐつつ胸はしり火に心やけをり（流二四）

13 人知れぬ我《われ》が思ひにあかぬ夜は身さへぬるみておもほゆるかな（流四九）

14 うつつにはさもこそあらめ夢にさへ人目をもると見るぞすくなき（流一四）

15 物をこそいはねの松と思ふらし千代ふる梢《すゑ》もかたぶきにけり（流五一）

16 ともすればあだなる風に藤浪のなびくてふごと我なびけとや（流七四）

17 わたつ海のみるめ誰《たれ》か刈《か》りて来《こ》し世の人ごとになしといはする（流二二）

18 木枯《こがらし》の風にも散らで人知れぬうき言の葉のつもる頃かな（流五二）

19 思ひつつ寝《ぬ》ればや人の見えつらむ夢と知りせばさめざらましを（流一六）

20 夏の夜のわびしきことは夢にさへ見るほどもなく明くるなりけり（流五三）

21 夢路《ゆめぢ》には足もやすめず通《かよ》へどもうつつに一目《ひとめ》見しごとはあらず（流二五）

22 限りなき思ひのままに夜も来《こ》む夢路《ゆめぢ》にさへや人はとがめむ（流七一）

23 うつつにてあるだにあるを夢にさへあかでも人に別れぬるかな（流五四）

24 春雨の沢にふるごと音もなく人に知られでぬるる袖かな（流五五）

四の親王《みこ》のうせたまへる頃、風の吹きしに

25 今日《けふ》よりはかなしの宮の吹風やまたあふさかもあらじと思へば（流五六）

26 われが身に来《き》にけるものをうきことは人の上とも思ひけるかな（流五七）

27 花の色はうつりにけりないたづらに我が身世にふるながめせしまに（流一）

28 うたたねに恋しき人を見てしより夢てふ物はたのみそめてき（流一七）

29 たのまじと思はじとてもいかがせむ夢よりほかにあふ夜なければ（流一八）

30 いとせめて恋しき時はむばたまの夜の衣をかへしてぞ着《き》る（流一九）

「県《あがた》へいざ」といふ人に

31 わびぬれば身をうき草の根を絶えてさそふ水あらばいなむとぞ思ふ（流三八）

32 今はとて我が身しぐれにふりぬれば言の葉さへぞうつろひける（流三一）

33 忘れ草わが身につむと思ひしは人の心に生ふるなりけり（流七五）

34 妻こふるさをしかの音に小夜《さよ》ふけてわがかたらひをありと知りぬる（流五九）

35 色見えでうつろふものは世の中の人の心の花にぞありける（流二〇）

36 卯の花の咲ける垣根は時ならぬ我がごとぞ鳴く鶯の声（流六〇）

37 空にゆく月の光を雲間より見でや闇にて夜をばへぬべき（流三）

38 雲間より思ひ出づれど言の葉の散れるなげきは面影《おもかげ》もなし（流四）

39 みるめあらば恨みむやはとあまとはばうかびて待たむうたかたの身も（流四一）

井手の山吹

40　色も香もなつかしきかな蛙《かはづ》なく井手のわたりの山吹の花（流六二）

41　秋風にあふたのみこそかなしけれわが身むなしくなりぬと思へば（流二一）

42　風間待つあましかづかばあふことのみるめもなしと思はざらまし（流二六）

43　秋の月いかなるものぞわが心何ともなきにいねがてにする（流一一）

44　秋の田の仮庵《かりほ》に来ゐるいなかたのいなとも人に言はましものを（流六一）

あやしきことといひける人に

45　結びきといけるものを結び松いかでかとけて君にあふべき（流八）

46　難波江《なにはえ》に釣する人に別れけん人もわがごと袖やぬるらむ（流六四）

47　心からうきたる舟に乗りそめて一日《ひとひ》も波にぬれぬ日ぞなき（流二）

48　千度《ちたび》とも知られざりけりうたかたのうき身は今や物忘れして（流六五）

山里にて、秋の終りに、むつれしに

49　山里に荒れたる宿を照らしつつ幾夜《いくよ》へぬらむ秋の夜の月（流一〇）

50　よそにして見ずありふとも人知れぬ忘れがたみを見つつしのばむ（流二八）

51　我《わ》が人を思ふ心も毛の末にありせばまさにあひ見てましを（流二七・七六）

52　あまのすむ浦こぐ舟の梶《かぢ》をなみ世をうみわたる我ぞかなしき（流三三）

「昔よりも心変りにけり」といふ人に

53　今とても変らぬものをいにしへもかくこそ人につれなかりけり（流六六）

石上寺《いそのかみでら》にまうでて、日の暮れにしかば、とまりて、そせい法師に言ひやりし

54 岩の上に旅寝をすればいと寒し苔《こけ》の衣《ころも》を我に貸さなむ（流三四）

かへし

55 夜を寒み苔の衣はただ一重《ひとへ》貸《か》さねばうとしいざふたり寝む（流三五）

女郎花をいと多く掘りて見する人に

56 名にしおへばなほむつましみ女郎花折られにけりな我が名だてに（流六）

57 浪の上を出《い》で入《い》るよりは水底《みなぞこ》におぼつかなくは思はざらなむ（流六七）

「あしたづの雲井の中にまじりなば」といひてうせにし人のあはれにおぼえし頃

58 ひさかたの　空にただよふ　浮雲の　うける我が身は　露草の　露の命も　まだ消えで　思
ふことのみ　まろこすげ　しげさはまさる　あらたまの　ゆく年月の　春の日の　花のにほ
ひも　夏の日の　木《こ》の下風も　秋の夜の　月の光も　冬の夜の　時雨《しぐれ》の音も　世の中に　恋
も別《わかれ》も　うきことも　つらきも知れる　わが身こそ　心にしみて　袖のうらの　ひる時もな
く　あはれなれ　かくのみつねに　思ひつつ　いきの松原　生きたるや　長柄の橋の　長ら
へて　瀬にゐる鶴《たづ》の　鳴きわたり　浦漕ぐ舟の　ぬれわたり　いつかうき身の　荷褉《にくさび》の　我
が身にかけて　かけはなれ　いつか恋しき　雲の上の　人にあひ見て　この世には　思ふこ
となき　身とはなるべき（流六八）

59 宵々に夢の手枕足たかくありとてまたむとぶらひに来《こ》よ（流二九）

60　みるめ刈るあまのゆききの湊路《みなとぢ》になこその関も我するゑなくに（流五）

醍醐の御時に、日照りのしければ、雨乞ひの歌よむべき宣旨に

61　ちはやぶる神もみまさば立ち騒ぎ天《あま》の門川《とがわ》の樋口《ひぐち》にあけたまへ（流六九）

やり水に桜の散りて流るるを

62　滝の水木《こ》の下《もと》近く流れずはうたがた花を泡と見ましや（流七〇）

（以上第一部）

63　ちはやぶる賀茂の社《やしろ》の神も聞け君忘れずは我も忘れじ（流ナシ）

64　我が身こそあらぬかとのみおもほゆれとふべき人に忘れられしより（流八八）

65　世にふればまたも越えけり鈴鹿山昔の今になるにやあるらむ（流ナシ）

この歌は斎宮女御のといふ人あり。

人の心うらみはべりける頃、これもさにやとぞ。

66　心にもかなはざりける世の中をうき世にへじと思ひけるかな（流五八）

おなじ頃、陸奥国《みちのくに》へ下《くだ》る人に、「何時《いつ》ばかり」と問ひしかば、「今日《けふ》、明日《あす》ものぼらむ」

といひしかば

67　陸奥《みちのく》は世をうき島もありといふをせきこゆるぎのいそがざるらむ（流七七）

などいひてうせにけり。

後《のち》をいかにもする人やなかりけむ、あやしくてまろびありきけり。

あはでかたみにゆきける人の、思ひもかけぬ所に歌よむ声のしければ、おそろしながら、寄り聞けば

68 秋風の吹くたびごとにあなめあなめ小野とはなくて薄《すすき》おひけり（流ナシ）

ときこえけるに、あやしとて、草の中を見れば、小野小町が薄のいとをかしうまねきたてりける。それと見ゆるしるしはいかがありけむ。

冬、道ゆく人の「いと寒げにてもあるかな、世こそはかなけれ」といふを聞きて、ふと

69 手枕《たまくら》の隙の風だに寒かりき身はならはしのものにぞありける（流ナシ）

解説◉「小町的なもの」――目に見えぬものを見よ

錦　仁［新潟大学名誉教授］

一　小町の歌――悲恋の歌物語

小町はどんな歌を詠んだのだろうか。少し長くなるが小町の代表的な歌を読んで、問題点を取り出してから本書を読み解くことにしよう。本書は鋭い洞察力と厳密な実証が高く評価されている。だれも書けなかった画期的な小町研究書だ。そうしたほうが片桐氏の意図や方法がよくみえてくる。

『古今和歌集』に次のような歌がある。

花の色はうつりにけりないたづらにわが身世にふるながめせしまに（春下）

うたた寝《ね》に恋しき人を見てしより夢てふものはたのみそめてき（恋二）

小町の歌を知っている人は多い。たとえ知らなくともたちまち魅了されてしまう。千年以上も前のたった三十一文字が今の私たちをとりこにする。

桜の花が雨にうたれて散っている。小町はそれを見ながら思う。私もあの桜に似て若く美しかったのに影のように衰えがしのびよる。この春は思い悩んでいるうちに過ぎて行った。はかなく移り変わるのは桜だけではない。

ふとまどろんだ夢の中に、恋しいあなたがあらわれた。あれから私は夢を頼みに生きている。夢はいつもはかなく醒《さ》めるけれど、あなたに逢えるのだから。

前者は『百人一首』にとられて有名であるが、まるで小町の独り言のようだ。「ながめ」は、〈物思いをする〉という意味の「ながめ」(終止形「ながむ」)と折しも降り続く春の「長雨《ながめ》」をかける。「ふる」は、〈人が年老いる、古びる〉という意味と雨が「降る」をかける。「世」は「この世」のことだが〈男女の仲〉という意味もある。

この歌は、「降る」と「長雨」が縁語になっており、掛詞の効果と相俟《あいま》って、桜が咲いてやがて長雨が降り出し春が終わる頃までの、比較的長い期間がそれとなく詠み込まれている。その間の風景の変化は小町にとって、あの人はやはり来てくれない、と思い知る鬱々たる心情を堆積させるのに十分な時間であったというわけだ。

愛されていると思えずに時を過ごすことは美貌をほこる女にはつらい。こんなに思い続けているのに、あの人は一度も来てくれず、春はむなしく過ぎて行った。同じように私の春も過ぎ去った。

歌の背後に、むなしく終わった悲恋の物語がただよう。小町は実らぬ恋をし、やがてそれに気づいた。来ないのは私の容貌の衰えのせいではないか。哀切な思いが深まるが、相手を責めるわけにはいかない。悲しみの刃《やいば》が我が身に襲いかかる。

こうした読み方は、小町の歌を自分の体験を詠んでいるとみなす、近代文学でいえば私小説的な読み方にほかならない。しかし、そうではなくて、小町は当時の読者をよろこばせるために悲恋の物語を創り出し、その一場面をうまく詠んでみせたのかもしれない。

この歌は、いつ、どこで、なにゆえに詠まれたのか、はっきりした事情はなにひとつわからない。体験を詠んだ歌なのか、それとも中国渡来の古典などをもとにフィクションの歌を創り上げたのか。それらを示す原資料はみいだせない。小町ほど有名な歌人はいないのに、小町ほど伝記資料の乏しい歌人もめずらしい。

「花の色は」の歌は、『古今和歌集』春下（一一三）に選ばれているが、撰者の紀貫之や凡河内躬恒は、歌の内容から春下に入れたのだろう。事実、晩春の風景を詠んではいるが、悲しい恋を詠んでいるとみえるのもたしかだ。原資料では悲恋の歌物語の一首であったが、撰者たちはその枠を外し、風景の歌とみて春下に収めたのかもしれない。

「花の色は」の歌は、次のような歌のあとに置かれている。詞書を省いて引用する。

花の散ることやわびしき春霞たつたの山の鶯の声（後蔭・一〇八）

木づたへばおのが羽風に散る花を誰《たれ》におほせてここらなくらむ（素性・一〇九）

しるしなき音《ね》をもなくかな鶯の今年《ことし》のみ散る花ならなくに（躬恒・一一〇）

駒《こま》なめていざ見にゆかむふるさとは雪とのみこそ花は散るらめ（読人不知・一一一）

散る花をなにかうらみむ世の中にわが身もともにあらむものかは（読人不知・一一二）

鶯の歌が三首続く。鶯は花が散るのを見て「わびし」「憂《う》く」と鳴き、枝移りする羽風が散らすのを知らぬげに鳴き騒ぐ。続いて「ふるさと」（旧都・奈良をさすという）に場面が変わると、花は雪のように散っている。人はそれを見て「どうして嘆こうか。自分もまた花のようにはかない人生を終えるのだから」と諦観を口にする。

鶯から人へ、散り始めた花から雪のように降りしきる花へ、近い場所から遠い場所へ、嘆きからあきらめへと歌が並べられている。

右のごとく撰者たちが工夫を凝らした歌の流れを読み進めて、私たちは小町の歌に出会うのである。「花の色」の歌は、花が散りゆく季節に置かれ、前の歌のあきらめの思いをさらに深め、春が逝《ゆ》くのをしみじみと見つめて悲しむ歌になっている。

小町の歌の前に、読人不知の二首があるのも、撰者の巧みな工夫であろう。著名な歌人たちの歌と比較されるのを避けて、当時の人々の一般的な心情を詠んだ歌という基盤において小町の歌を味わわせようとしている。歌人としての個性を際立たせ、かつ読人不知の歌の流れを汲む平安びとの心を感じさせる歌として取り扱っていると思われる。

先の二首目「うたゝ寝に」の歌は、『古今和歌集』恋二に入っている。つまり恋二の巻頭三首に入っているが、恋三の後半にも小町の歌が三首、「題しらず」の詞書で並んでいる。もとはおなじ歌群にあったと思われるので、みなあげてみよう。

思ひつつぬ《（寝）》ればや人の見えつらむ夢と知りせば覚めざらましを（恋二・五五二）
うたた寝《ね》に恋しき人を見てしより夢てふものはたのみそめてき（恋二・五五三）
いとせめて恋しき時はむばたまの夜の衣を返してぞき《（着）》る（恋二・五五四）
うつつにはさもこそあらめ夢にさへ人めをよくと見るがわびしさ（恋三・六五六）
限りなき思ひのままに夜もこ《（来）》む夢路をさへに人はとがめじ（恋三・六五七）
夢路には足もやすめずかよへどもうつつに一目見しごとはあらず（恋三・六五八）

どちらの三首も夢を詠んでいる。おそらく撰者たちは一連の歌群から恋二と恋三に分割して載せたのだろう。よく読むと、「限りなき」の歌は片桐氏が指摘するように、小町の歌というよりも恋愛関係にあった男の歌とみたほうがいい（九六頁）。「来む」（行こう）は、相手の居る所へ行くことを意味する言葉だ。

当時は男が女のもとに行くわけで、女の歌とはちょっと考えられない。

夢の中であなたに逢える（女・五五二）。そう知ってから夢を頼みに生きている（女・五五三）。つらい夜は夢で逢えるという呪術《まじない》を信じて衣を裏返して眠る（女・五五四）。だけどあなたは夢の中でも私を避ける（女・六五六）。現実には逢えないから夢の中でおまえのもとに通って行こう（男・六五七）。夢で逢えても一目あなたをみたときのあの感動には及ばない（女または男か・六五八）。

この男女は、現実の世界で逢瀬を遂げられない。それを絶対条件に恋物語が進行し、二人は夢の中でなんとか結ばれようとする。だが、夢の中でさえ逢瀬は思うようにいかない。この六首は、悲しい恋物語の最も感動的なシーン、あるいは舞台上の演技が目に浮かんでくるような歌なのである。

これは、もともと演劇的な所作をともなう悲恋の歌物語であったのではないか。うたわれたり、器楽の伴奏があったり、演じられたりしたのではないか▼注(1)。先にみた「花の色は」の歌は、右のストーリーの最終場面、愛する男が夢にさえあらわれなくなったころの嘆きの一首であったかもしれない。「色見えでうつろふものは世の中の人の心の花にぞ有りける」（恋五・七九七）などは、もう少し前のほうにあった歌かもしれない。男の言葉が信じられない、心変わりを詠んでいるようにみえる。

『古今和歌集』に小町の歌は、墨滅歌《すみけちうた》も含めて一八首ある。そのうち安倍清行・小野貞樹・文屋康秀との贈答歌をのぞく右のような歌の中には、悲恋の歌物語に存した歌があったのではないか。撰者たちは原資料を解体し、ストーリーのわかる詞書を消し去り、四季・恋・雑に分類し、時間的推移に歌を配列して『古今和歌集』に入れたのではないか。やがて原資料は忘れられ、喪われてしまった。そこから後世の人々による小町の説話化が始まった。そういう想像に駆られるのである。

二　小町研究のスタートライン

以上から、問題点が絞られてくる。贈答歌をのぞく小町の歌は、おのれの実体験を詠んだのか、フィクションの創作歌なのか、確認も区別もできない、ということだ。詠作の背景はまったくわからない。それを示唆する資料すら遺されていない。加えて小町の歌はあまりに魅力的だから、なおさら自由な解釈を許してしまう。数多くの説話や伝説が生み出されたのはそこに誘因があるだろう。

小町を論じるとき、このことを知っておかねばならない。これが小町研究者のスタートラインであり、最後まで立ちはだかる壁である。

『古今和歌集』の一八首は小町の真作とみられる。だれしも一致する見解であるが、述べたように贈答歌三首をのぞいた一五首は体験の歌か虚構の歌かよくわからない。『後撰和歌集』の四首のうち一首は、高名な遍昭との贈答歌なので真作とみられ、ほかの三首も真作らしいが断定まではできそうにない。なのに両集には小町の姉の歌、小町の孫の歌と称する歌がある。次の『拾遺和歌集』から小町の歌は消え、鎌倉時代初頭の『新古今和歌集』になると四首があらわれる。いったい小町はどこにいるのか。

本書は、小町の歌を集めた『小町集』の研究を中心とする。それが小町説話の母体となったからだ。片桐氏の周到な検討は読者に読んでいただくことにして、結論のみを紹介しよう。『小町集』は流布本系と異本系があり、どちらも「十世紀のごく末期、あるいはどんなに遅くても十一世紀のごく初期には今のような形になっていた」（一二七頁）。つまり「小町の死後百年以上をへた西暦一〇〇〇年前後に成立した」（一三二頁）という。

小町の出生は、これも片桐氏の実証であるが、天長二年（八二五）の前後五年間、すなわち八二〇〜八三〇年ころ（一九頁）に絞り込まれる。仁明天皇の更衣となり、華やかな宮廷生活を送り、天皇の崩御後、自由の身となり、小野貞樹などと交渉をもった。遍昭、康秀などの仁明朝に活躍した人々と交渉することもあったという。

没年時期は確定できないが、まもなく実在の小町がわからなくなり、自由な解釈にさらされ、説話の主人公になっていった。二種類の『小町集』は、『古今和歌集』『後撰和歌集』の小町の歌をまず選び出し、その後、小町はこういう歌も詠んだであろう、という期待の地平から小町の歌でないものまで集められた。流布本はこういう編纂が五段階にわたって行なわれ、異本系は二段階にわたって行なわれ、その度に「増補され膨張して」（九一頁）、現在の形になった。『源氏物語』が書かれた丁度そのころ、当時の人々が小町をどのようにみていたか、その変化していくありさまがよくわかるという。すなわち『小町集』は、小町が史実の人でなくなり、小町説話が発生し段階的に変容していくプロセスを内包している。これが本書の最も力を入れて実証しているところだ。しかもそのころ編まれた『拾遺抄』『拾遺和歌集』から『小町集』に一首も採歌されていないのだが、用語・表現法は意外なほど共通性があるという。

小町の歌ではないのに、小町の歌として集められて『小町集』が成立し、広く愛読されて小町像が形づくられていった。『小町集』は、平安びとの小町に対する深い思いから編纂されたのである。「平安時代中期の、特に女性たちのあわれさ、切なさをそのままに反映し、具現したものであると思う」（一〇六頁）というのは、まことに納得がいく。そういう目で『古今和歌集』などをみていくと、読人不知の恋歌が、なぜか小町の悲しみを詠んだ歌のようにみえてくる。平安びとは、一夫多妻制（最近は一夫一妻多妾制という）の現実の中で苦悩を深くした女たちの心をみいだし、そういう歌に小町という作者をあてて集めたようなのだ。本書はそういう意味で、優れた女性論であり日本文化論であるといっても過言ではあるまい。

著者は明言を避けているようだが、本書をていねいに読む限り、流布本・異本が成立するまでに一世紀以上の長い年月がかかったとは思われない。平安中期を中心に、末期にかけての約四、五十年のある時期に成立したのではないか。

よく知られているように、平安末期から中世にかけて、年老いた小町が都をさまよい出て、みちのくを放浪し、薄《すすき》の野原で死んだ、という小町説話が生まれた。この説話は、異本系『小町集』の末尾の歌とその詞書が発生源になっているのだが、それには、平安初期の成立という『玉造小町子壮衰書《たまつくりこまちこそうすいしょ》』に記された、高貴で富裕な家の娘「玉造小町」（小野小町とは別人という）の老残流浪のようすが重ねられているという。▼注(2) だが片桐氏は『壮衰書』についての通説を否定し、同書は十一世紀の前半までに成立したと述べ、すでにそれ以前から、小町は説話上の人物になっていたという。『小町集』をもとに、さまざまな小町説話が発生していたと考えるのである。

あんなに悲しくて美しい愛の歌を詠んだ小町が、落ちぶれ、醜く年老い、闇夜の野原で髑髏となって転がる。なにゆえに、これほどまでに小町は貶《おと》められるのか。まるで地獄絵・九相図ではないか。これもまた小町研究者が立ち向かわねばならない問題である。

ここまでいえば、全国各地に根づく小町伝説についてふれなければなるまい。北は秋田県から南は熊本県まで全国いたるところに小町伝説がみられる。都とその周辺はもとより、東北へいたる広い地域に小町伝説がみられるのは、平安後期の『古今和歌集目録』に小町は出羽国の郡司の娘と記されていたからだ。これを根拠にすれば、年老いた小町は生国の出羽国（山形県・秋田県）へ帰って行った、と考えられるわけで、その道筋に小町伝説が作られのである。青森県は秋田県より北に位置する陸奥国だから、小町伝説は作られなかった。

この土地に産まれ、都に上って華やかな生活をし、年老いて醜くなり、故郷にもどって没したというストーリーは、中世的な生老病死の人生観にもとづく。片桐氏は秋田県湯沢市の小町伝説に何度か言及しているが、秋田藩主に目を掛けられた菅江真澄が地元の地誌を書くときに大いに活用した江戸中期の古文書に、故郷にもどった小町は村はずれの洞窟で乞食をしていたが、やがて亡くなったと記されている。その洞窟がいまも大きな黒い闇をたたえて口をあけている。伝説ではあるが、年老いた小町をなぜ村人は優しく迎えなかったのだろうか。

湯沢の小町伝説は、このほかにもいくつかに枝分かれして伝承されてきた。その中には深草少将の百夜通いを伝えるものがある。片桐氏が指摘するように、謡曲『通小町』をふまえて作られたことはいうまでもない。そして、明治以降も新しい小町伝説が作られ伝えられてきたのであった。

小町伝説が各地に生み出されたのは、『古今和歌集』の哀切・濃艶な愛の歌に発すると考えてよいだろう。先に述べたが、なにゆえに詠まれたかわからぬ小町の歌は、自由な解釈を誘引し、おのずと新しいモノガタリが生み出された。平安時代に編纂された二種類の『小町集』も、平安末以降の小町髑髏《どくろ》説話も、もとはといえば『古今和歌集』の小町の歌に根本の発生理由があるのではないか。本書を読んでいると、そういう思いがしてくる。

小町を研究することは、片桐氏のように小町にまつわるすべての文献と事象を、時代とジャンルを超えて対象とすることにほかならない。そうでない研究は、小町の一部分をとりだすのであって、小町の全体をとらえるものとはいえない。

三　和歌研究の精神と方法

片桐氏は、小町と贈答歌を交わした男たちのわずかに遺る史料を精密に検証して、生年と没年を絞り込んだ。続いて、小町の歌を吟味し、通説となっているこれまでの解釈を訂正した。次に、流布本系・異本系『小町集』を収集し、文献学的な考証を徹底的に行ない、その成立過程をあきらかにしてみせた。これが本書の中心であり、その後の論述の土台となっている。『小町集』の成立過程を解明すると、そのまま小町説話の生成・変容の過程が浮かび上がるという、まことにユニークな証明の二重奏を実践してみせた。しかもそれで終わらず、全国の小町伝説地を見て歩き、伝説が作られた理由を考察する。小町に関するすべてを、どこまでも追いかける。なるほど本書は、「小野小町研究」ではなくて、「小野小町追跡―『小町集』による小町説話の研究―」なのだと合点がいくのである。

片桐氏は自信をもって言う。

じっさい、「小町集」の生成が小町説話の形成に深くかかわっているというような見方をした人は今までにいなかった。今、「小町集」を、それこそ眼光紙背に徹する姿勢で、徹底的に分析解明して、その点を明らかにしようとしているのであるが、その前に、我々が材料にする「小町集」について、これまた、今までの誰もがなさなかったような徹底的な観察・検討を加えておきたいと思うのである。（七六頁）

これまで著された小町研究書は数多い。その中に名著といわれるものがたくさんある。だが片桐氏は遠慮せず真っ向から挑戦し、鋭い批判を浴びせ、訂正を迫る。

さらに引用しよう。片桐氏の本心があらわれていると思う。

江戸時代の学者のように小町を四人にしたり、現代の民俗学系の国文学者のように、小町と称する女が無数にいたとか、小町を名のる遊行婦女《うかれめ》・あるき巫女《みこ》・歌比丘尼《うたびくに》のたぐいが諸国をめぐり歩いていたと言い切ることによって事足れりとし、文献に残った小町の文学と伝承について深く考えようともしないのは学問の堕落、ある意味では頽廃という評語が適切でさえある。仮に彼らの言うようなことがあったとしても、せいぜい中世の後期のことであり、「小野小町の歴史」は既に平安時代中期以前から始まり、中世・近世と続いていたのである。（六二頁）

そういえば片桐氏は、小町伝説にあちこちで言及するのに、画期的な研究を遺した柳田国男の著書には一言もふれない。民俗学あるいはその系列の国文学研究への批判であろうか。平安時代から中世・近世へと続いてくる「小野小町の歴史」をさながらそのまますべて研究対象にせよ、というのである。となれば、民俗学への批判というよりも、国文学の研究者に対する批判といったほうがいい。小町の民俗学的事象を切り捨てることによって、国文学のあるべき正当な研究になる、といった顔をしているのが常であるからだ。

さらに続けて、もっと具体的に本書の意図を述べる。

小町が、その死後も、後代の人々の心の中にどのように生き続け、どのように変容していったか、あるいはまた、時を経て変容しながらその底に変らずに生き続けてゆく、いわゆる小町的なもの、それはいったい何かということの追跡にこそ、私は意味を認めたいのである。世に虚と言い実と言う。しかし、このように見れば、人々の心の中に生き続けていたものはすべてが実だというほかはないのである。（六二頁）

私たちはなにを研究すべきなのか。時を経て変容しながら変らずに生き続けてきたもの、すなわち「小町的なもの」にこそ関心をもち研究すべきなのだと説くのである。それは、目に見えるものではない。「心の中に生き続けてきたもの」であり、虚のようにみえて、ほんとうは実なのだという。片桐氏は、和歌はもちろんのこと、日本古典文学の研究はどうあるべきかを説いている。

片桐氏をあえて一言でいえば、文献学を基礎とする国文学の研究者といえよう。諸本の博捜・整理・比較から始まり、正確な本文解釈をみちびき、作品の本質へと迫る。片桐氏は、証明できることしかいわない。それでいながら、研究の目的は「目に見えるものではない」という。目に見えるものを分析し、目にみえないものをあきらかにする。文学の研究とは本来こういうものである。

本書は、研究とはいかなるものか、なにをどうすれば新しい研究になるかをわかりやすく実践してみせた奥の深い本である。研究者にしか通用しない学会用語が一切使われていないことも大切だ。大学の講義で飛び交うような観念的な思考もない。日常生活の中でだれもが使う言葉と論理で研究を進める。だから、私たちの心にまっすぐ入ってくる。推理小説を読むようなスリル、難題を解き明かす爽快感があることも付け加えておこう。▼注(3)

本書の姉妹編に、『在原業平・小野小町』（日本の作家5、新典社、一九九一年五月）、『柿本人麿異聞』（和泉書院、二〇〇三年十月）がある。『古今和歌集以後』（笠間書院、二〇〇〇年十月）は専門書であるが小町関係の論文も収める。いずれも明晰な論理、深い考察である。新刊の『平安文学の本文は動く—写本の書誌学序説』（和泉書院、二〇一五年六月）とともに、和歌に興味をもつ人とこれから和歌の研究を始める人に愛読を勧めたい。

［注］

（1）筆者が思い浮かべるのは、『万葉集』巻一の額田王と大海人皇子との恋歌のやりとりである。「あかねさす紫野行き標野行き野守は見ずや君が袖振る」（一九）、「紫の匂へる妹を憎くあらば人妻ゆゑにわれ恋ひめやも」（二〇）。この歌のやりとりは、遊猟中のことではなくて、その後の夜の宴会の席で、「二人がふざけて、即興で披露したざれ歌である、二人の昔の関係はみんなが知っているから、これで大いに盛り上がったろう」という（丸谷才一・山崎正和『日本史を読む』中央公論社、一九九八年五月）。丸谷氏が大岡信氏の説を紹介している。二人の歌は「実景を歌った真摯な恋歌」ではなく、だれもが知る「昔の関係」を詠んでみせて、人々をよろこばせたものだという。実体験を詠んでいるがそれを超えている。小町もそういう饗宴のような場で人々を楽しませる歌々を創作し披露したのではなかったか。なお片桐氏は、「小町の夢の歌六首は、そのまとまりの妙から言って、「夢」という歌題でよまれた、いわば虚構的連作であったと私は思う」（一〇〇頁）と述べている。

（2）最終段階で末尾に置かれた七首は、はたして「十世紀のごく末期、あるいはどんなに遅くても十一世紀のごく初期には今のような形になっていた」という異本系『小町集』にあったのだろうか。突然この七首にきて「陸奥」という地名があらわれる。「あはでかたみにゆきける人」は、片桐氏も指摘するように本文上の乱れがあるようで、やや意味不明。「今日、明日ものぼらむ」も歌の内容と合わない。次の歌の「小野とはなくて」もわかりにくい。その歌の左注に「草の中を見れば、小野小町が薄のいとをかしうまねきたてりける」とあるのは、〈小町のような薄〉が手招きしていたというのだろうか。小町の死後の歌というが、歌と詞書・左注をみる限り、やや不明か。最後の七首はそれまでの本文にくらべて、かなりわかりにくい。文脈が乱れている。もっと後の時代の小町髑髏説話から混入したものか。こういう疑問も保留しておいてよいと思う。

（3）片桐氏の論文作法であり論文指導法である。「大学の教師になって四十年､私は指導している学生たちに｢論文とは論理的文章ということであって、論理的でない文は論文とは認めない」と言い、また「良質の推理小説のような論文を書くように」と言って来た。犯人を割り出すためには、少しでも多くの証拠を揃えることが大前提であり、それを論理的に組み立てて真相に迫らなければならない。立論の根拠としての事実を発見することと、それを使って論理的に結論に迫ろうとする際、推理にたよらなければならない場合が当然あるが、その推理は事実を踏まえて論理的に展開してゆくものでなければならない。論文の場合もまったく同じで、その論理的展開が、読んでおもしろく、読みだしたらやめられない推理小説のような論文を書いてほしいと学生に言い続けて来た」（『古今和歌集以後』笠間書院、二〇〇〇年一〇月、「あとがき」）。

小町関係歌初句索引

◎本書において論述した小町関係歌の初句索引であるが「小町集」（流布本・異本）の索引をもかねたので，本書にふれえなかった小町関係歌をも含んでいる。それらについては付録の「小野小町集二種」の本文について利用されたい。
◎配列は歴史的仮名づかいによる五十音順

あ

い

こ

し

す

そ

た

ち

新装版

小野小町追跡

「小町集」による小町説話の研究

著者

片桐洋一

（かたぎり・よういち）

1931年9月、大阪市に生まれる。1954年3月、京都大学文学部（国語学国文学専攻）卒業。1959年3月、同大学院博士課程単位修得。1959年10月、大阪女子大学助教授。1974年、同教授。1987年、同学長に就任。1991年5月、同満期退職。1991年10月、関西大学教授、2002年3月、同退職。現在大阪女子大学名誉教授。2011年11月、文化功労者として顕彰される。

●主な著書に、『伊勢物語の研究〔研究篇〕』『伊勢物語の研究〔資料篇〕』『伊勢物語の新研究』『古今和歌集の研究』（いずれも明治書院）、『拾遺和歌集の研究〔校本篇・伝本研究篇〕』『拾遺和歌集の研究〔索引篇〕』『拾遺抄—校本と研究—』（いずれも大学堂書店）、『中世古今集注釈書解題一〜六』（赤尾照文堂）、『日本の作家5　在原業平・小野小町』『日本の作家7　伊勢』（いずれも新典社）、『歌枕歌ことば辞典』（角川書店のち増訂版笠間書院）、『古今和歌集以後』『源氏物語以前』（いずれも笠間書院）、『新日本古典文学大系　後撰和歌集』（岩波書店）、『古今和歌集全評釈　上・中・下』（講談社）、『柿本人麿異聞』『伊勢物語全読解』『平安文学の本文は動く—写本の書誌学序説』随想集『もとのねざし』『平安文学五十年』（いずれも和泉書院）などがある。

1975年4月5日　初版第一刷発行
1993年11月5日　改訂新版発行
2015年7月30日　新装版第一刷発行

発行者　池田圭子

装　丁　笠間書院装丁室
発行所　笠間書院

〒101-0064　東京都千代田区猿楽町2-2-3
電話 03-3295-1331　Fax 03-3294-0996　振替 00110-1-56002
ISBN978-4-305-70781-9 C0095

大日本印刷・製本

http://kasamashoin.jp/